长江出版传媒 ｜ 长江文艺出版社

水一样的

COMME L'EAU

王乙宴 著

目录
SOMMAIRE

sommaire
·

sommaire

●●

sommaire

●●●

sommaire
●●●●

爱、孤独与死亡的慢舞

你的气息望定我

轻轻用乐器触我苍白的唇

犹如一场慢舞

——王乙宴《药方》

王乙宴弃世而去，已经一年多了。1992年前后，我认识了她和她后来的夫君。那时她还是一名音乐学院民乐系的学生，浑身散发出冰清玉洁的气息。我不知道她的手是什么时候染指诗歌的。"天黑了，音乐就会折叠起来"《边境》，这句话写于1999年6月2日，那时的中国，音乐早已被折叠起来，"天"却没有被正义、良善和美学所点亮，而是逐渐走向一个文化衰败的状态。这段纷乱黯淡的历史，可以为王乙宴进入诗歌书写做重要的背书。

在毕业于上音民乐系和上戏的戏文系之后，乙宴给自己换了一个名字，而后悄然成长，扮演"跨界艺术家"的角色，以多样性的风格，架设起了她的书桌和舞台。世人对她的称谓有点奇怪——"琵琶西施"，听起来有点俗气；另一个则更令人费解——"最适合上海的女诗人"。如果不做精细的解释，这些称谓便会伤害她的本性。

在私下的许多场合里，人们通常会形

容她属于"极品上海女人"，这究竟是一种怎样的物种呢？也许她拥有都市女人的主要优点：优雅、时尚、幽默、精致、聪明、灵气四溢，惹人喜爱。她是一块多面的晶体，拥有钻石的多个切面，每个面都在熠熠发光。准确地说，她在每个领域都表现出色，虽然不是顶尖的，却是拥有最多的。她是都市里的多变精灵。

王乙宴兼具琵琶演奏家、歌剧作家、诗人和占星师等多重身份。这是一种声音的多重组合。旋律线和言辞的声线交织起来，缠绕成一种奇诡的复调文本。她的琵琶演奏，得过全国大奖和出过CD唱片，她创作的清唱剧《马可波罗与卜鲁罕公主》和诗集《一千年一万年》，都很受人瞩目。在我周围，像这样"多层混搭"的才女，殊为罕见。而这种琵琶演奏家兼诗人的跨界做派，并非是偶然发生的邂逅。自古以来，琵琶与诗歌就有深切的传统关联。它不是什么艺术混搭，而是一种古老的美学联盟，最早发生于唐代的宫廷、乐府和坊肆，谱写着诗歌和音乐的共同信念。

"上海很迷乱，但我喜欢"，乙宴在诗作《迁》里如是说。她在迷宫般的都市林荫道上行走，成为流行趣味的导引者。她抽烟，搓麻将，恋爱，游玩，占星，算命，养生，写诗，编剧。手挥琵琶，与各种身份的人为伍，参加艺术和世俗生活的诸多派对，对形形色色的玄学深信不疑。她的笑声回旋在我的耳畔，像一些火焰般的花朵，至今都没有熄灭。她还行走于上海、巴黎和新加坡之间，仿佛一个传递诗意的信使。她的梦想是跟家人在巴黎生活，去捡拾兰波、勒内·夏尔和亨利·米修遗失在小巷里的诗句。但突然间，出乎所有人的意料，她过早地投身于死亡。死神追上她，以爱的名义，把她从我们身边带走，没有人能阻止这种残忍的绑架。

她的先生、作曲家刘湲在一周年纪念诗会上痛切地回忆说，"去年今天晚上六点零三分，是王乙宴的最后时刻。她连一句话都没有留下，眼里只流下一滴泪，挂在我的面前。"这是水做的钻石，以眼泪的晶莹形态，向这世界说出了最后的歉意，因为她懂得，在我们所有朋友中间，她是一个不可代替的女人。她留下了一个永久的创伤性空白。

王乙宴跟诗歌的关系有些诡异。她曾经告诉我，她写诗的经历犹如神启。那时，她像幽灵一样走上楼梯，关上二楼书房的门，幻象和诗句在键盘上流水般涌现，长达数年之久，而后，突然有一天，诗流被突然切断，她陷入无法写作的枯水期，而这状态，同样可以长达数年之久。她的书写，受制于一只神秘的手及其开关。我不知道，她是否从自己星盘上读出上帝留下的隐秘记号。

刘溪说："这样充满美德的人，穿越生命——干净到没有一丝灰尘；爱和死亡是她本身的东西，看不到丝毫的染尘。"是的，她的诗里有各种复杂的元素，但爱、孤独与死亡，却是她的核心原型。她的全部诗歌都在这三种生命原型的轴心上旋转，从爱开始，经过孤独，到死亡结束。

　　王乙宴如此写道，"阳光解剖我欲望的身体《常在河边走》"。"我的脚被情欲系住"。"天快要亮了，让我陪你抽一支烟，你是我的父，我的兄，我三世的恋人"（《恋父》）。这是对爱的热烈占有的意志，她为此含蓄地赞美男根和鸟的意象："自由的男根，轻盈而不可捉摸，难以捕捉"。"我用红色和白色的头发，捉住一只会飞的鸟"《光亮之下》。"无数的手轻抚小鸟悠长的灵魂"《星期五，傍晚的窗帘》。而有时候，爱也会转化为清新的友情，像水滴一样，弥散在令人惆怅的宣纸般的季节——

　　　　生活中一个下着雨的下午
　　　　她们手握一杯春茶
　　　　窗里窗外都是回忆
　　　　她们很快就要分别
　　　　飘落的花瓣染白她们的脸
　　　　——《一个下着雨的下午》

而在爱之叙事的背后，出现了诸多难以名状的危机，它像藤蔓一样缠住了她的灵魂："破晓前的黎明，不再收留我，我再要呼救，我裂纹一般地呕吐"（《蚀》）。她总是以双鱼座的名义去寻找一只水瓶《水瓶座》，寻找一只可以栖身的透明的子宫，从一只瓶子游向另一只瓶子，寻找各种可以寄生或躲藏的居所——床单、房子、咖啡馆、洞穴乃至厨房。这种迷茫有时竟转向了自我厌倦："身体如此发出腐烂的味道，从一条条阴湿的缝隙"（《水一样的》），"我年轻的轮廓蜷缩成一堆暗黑的垃圾……每一次对话都穿越罪恶的阴道"《巴黎之一》。而基于这种厌倦，她进而转向对世界的抵抗。这世界就是她自我的变形镜像——那些来自外部的凶器——刀刃、小虫、飞鸟，种种不可阻止的危险，都在四周环绕，把爱变成不可捉摸的梦魇。

小虫白天躲进女人的子宫
晚间袭击教堂
——《巧克力之四》

越过宁静松弛的诗句表层，这些生命幻象触发了内在的迷乱，并凝结为各种女性的原型意象：乳房、子宫、舌尖、花朵、情欲、经血、怀孕、疼痛、做爱、极度的欢愉，等等。整部诗集，当然也包括此前出版过的《一千年一万年》，充满了此类跟女人生命经验相关的意象，像一些坚硬而圆润的遗珠，散落在语句的小径上，成为我们逾越其诗句迷津的线索。

在对爱和情欲的求索之后，敏感易碎的她，回到了孤独的范畴。这是诗歌逻辑的必然环节。她从爱的核心退缩，表达出拒绝和躲避的立场："有一些男人径直从我下面经过，我要藏起来"《整夜》。"我顺着光线看第一个朝我走来的人，看你来时的路，看一路上孤独的我"《铜锣湾789》。耐人寻味的是，爱跟孤独是一个钱币的两面，正是在爱的高潮里，孤独的声音像回声一样紧随而至，发出经久不息的震荡："我抱着她坐在黑的中央，抱紧的身体下沉，落进这声音里……然后声音逝去了，我们变成冰冷的石头"《练习曲》。"她镜中的星星……她皮包骨头，没有头发，满脸雀斑，每年冬天都在那里"《5号》。这是一种透入骨髓的寒冷。犹如一些细针和刀子，尖锐地刺入肉与灵的深处——

　　　　我把刀子插进瞳孔里
　　　　视线越过你的肩头
　　　　让身体醒着，感觉你的手
　　　　　　——《长藤》

　　从爱和情欲出发，经过孤独的幻象迷津，乙宴的诗歌，最终抵达了死亡的终极原型。我们甚至可以将其视为对死的美学期待。死亡是比爱和孤独更加纯粹的命题，是关于身体的最高祭典，是诗歌赖以存在的最后根基。王乙宴说，"她走到花园里荡秋千，爱情和死亡刺激了她的幻想"《绣》，而后，"回忆、性、迷恋、恐惧、死亡，流入浴室的下水道，发白的唇和床单，游戏开始了"《诱惑》。这是一种宣言式的言辞，向我们告知死亡语词游戏倒计时的开始。

　　"弄醒我，让我醒在你的怀里，抚摸

我，我知道快乐的限数……"这种终结感引发了苍老感："我已经苍老了，灯火扑进了我的屋子"《灯火》。"我右边的身体，已经想做爱了，左边的身体，却在加速衰老"《棉花胡同》。而苍老感则进一步引发破灭感："只有破灭，我才想象我们互爱"（《号码》）。在破灭的尾部，是一种终极的解脱，于是她深切地意识到，"令人绝望的不会留下，令人仰望的终将自由"《巧克力之五》。这是一条情感逻辑的多米诺骨牌，它逐步向最后一块骨牌推进，那就是令人生畏的死亡。死亡是一种身不由己的自由，屹立在生命的尽头，发出蛊惑人心的召唤。

> 彼此想象
>
> 彼此死亡
>
> 彼此一尘不留
>
> ——《巧克力之六》

跟其他人的诗作相比，王乙宴的诗歌，具有浓烈的谶语色彩。她是一位诗歌女巫，用简洁而有节奏的言辞，说出各种诡异和令人疑惑的通告。最初它们被视为呓语，而此后却意外地显示出预言的犀利特点。这些预言犹如阴险的回旋镖，最终指向她自身的存在。她甚至模拟一个丈夫的口吻写道："粉蓝色的墓碑上刻着我妻子的名字，在我最后一次离开她的时候她已走远"《从沼泽地来的鳄鱼和毒蛇》。这是令人震惊的墓志铭式书写，以身份倒置的姿态，预设了自身夭折的悲剧性宿命，语调理性而冰冷，俨然是一名来自幽暗世界的旁观者，穿越诗歌虫洞，向我们说出即将发生的事变。

在清唱剧《马可波罗与卜鲁罕公主》里，乙宴给尾声部分写下这样一个标题——"现在即是永远"。这是一组关于短暂与永恒的对立命题，暗示出个体生命的价值。短暂的绚丽，足以照亮整个生命，令其放射出超越时间的恒久光辉。时间机制遭到摧毁的后现代社会，空间变得无限廉价，而时间则剧烈地昂贵起来。互联网的传播效应，制造大量前所未有的畅销商品，在赋予其广阔空间的同时，剥夺了这些语言商品的时间属性，令它们走向速朽，沦为稍纵即逝的文化垃圾。

　　诗歌是唯一能够用来抵制"零时间效应"的物种。王乙宴终止美妙的曼舞，独自走开。她的洁白的诗歌文献，留给了这个污浊的世界。这是一种何等尖锐的对比。神判决她的不在，即判决世人失去那种分享她的福分。唯一的慰藉在于她的遗产。这本《水一样的》诗集，是《一千年一万年》的后续，由刘湲从她的大量诗歌手稿里萃取，可以展现乙宴诗歌的基本容貌。在仔细读完这部诗稿之后，我发现它获得了时间的属性，一如晶莹的钻石，是抵抗岁月和死亡的利器。正是这类诗歌成为支柱，托起崩塌的时间，令其获得恒久性的维度。在乙宴动身离去之后，她用这些诗歌焰火照亮了希望。

朱大可

2015年1月12日写于遵义土城

水瓶

闭上眼睛
我可以原谅你
你用身体遮蔽我
冰凉的双乳
纸做的外套被撕烂

床最好
石头最好
撕心裂肺最好
飞沙掀不起冬天的屋顶
我故意上下摆动
不让成串的液体
变成许多年呕吐不尽的秽物

1997.12于上海

水
一
样
的

1998 · 2 于上海

水润湿我的喉咙　润湿我
无法表达的舌尖
　　　　　　　火还要熄灭
水繁殖的皮肤
　　　身体如此发出腐烂的味道
从一条条阴湿的缝隙

　　　苏州河随着强烈的抽搐
有节奏地颤抖

　　　　　你吸干我的脸
我看得见和看不见的血
　　　　　我透明的乳房
我又想绝望的念头

空中抛物

我注视着天空直到太阳出来
不久 兴奋起来
那只熟悉的手就在手中
她将要失去了
谁还会再为别的郁闷

还和她在一起
一起在楼顶边缘
她苍白地躺在我怀里
无力表示她的想法
睡得很静很轻

手在一起

蝴蝶在钢筋水泥世界处处碰壁

冰凉冰凉

她确实凋谢了

我又看到太阳

太阳在我身上划出一道道口子

松开她

将她一把推下去

我头也不回
她却在空中奔跑
大声地咳嗽
这是快乐的信号

1998·9·28 于上海

阴性

苦蒿在水里变成十年前的女孩
手术
而且说什么都没用

跟我来吧　孩子
血疹的小手在我软处掏啊掏
不见了
当我露出水面
汗液拖着我不停地奔跑
那孩子梳着辫子发出人类大笑的声音

鬼是不快乐的
我站在银杏树下
身上缀满一只只黑大的蝴蝶
阴间的子弹
一颗颗袭来
击碎我孕育你的子宫

1998·10·9 于上海

一生中

她高傲地坐在酒吧的吧台上
穿开着高叉的旗袍
谁都看得到
一个怀孕的女人

那个她坐在酒吧的雾水里
手不停地抹去啤酒杯渗出来渗出来
的寒气
她的秘密自她眼中释放

她的手变得很轻也很重
乘着天黑人杂
对准那个挺起的肚子
就是一枪

另个她在酒吧的厕所里嘶声干嚎
什么都听不见看不见
手中的铁丝直插深处
那不是疼
有人说过我会很轻
不会弄疼你
那才叫疼
她歪在墙上咧嘴
白色的瓷砖上一摊殷红的血

终于拥抱在一起
女人的手都是冰冷而带汗的
她们瘫软在对方的快感中
不肯放松
她们用意念杀死了那些孩子

1998・10・27 于上海

失散

树叶是树叶
树枝是树枝
站在阳台上想通向你
你就在身边

不敢接近
我蹲下
看到地下的水洼有你的烟灰

我翻个身
揉揉眼睛
把你的气息全部吸进体内
三十年前我们还小
我们分离

1999·5·30 于上海

边境

雪糕融化在碎花布裙上
　　　　小镇
旅馆嘎叽作响的木门
　　　如果我是处女
为什么我不听自己的

一伸手就触到湿润的唇
　　　点点波光
竖琴送你上到半空

　　　不要过来
谁没有听过这旋律
　　但是天黑了
音乐就会折叠起来

　　　　1999·6·2 于上海

棉花胡同

他转过来
转过来
转过来

水拨一下下地筛着车窗
我右边的身体
已经想做爱了
左边的身体
却在加速衰老

希望是一个深秋
宁静到听不到市声
我玫瑰色的十指
被他纠缠
然后一一折断

1999·6·2 于上海

碎云

满目疮痍的房间
你张大了嘴
想吐出一缕缕白色的泡沫
你割破的手指
看到了瘀血的爱情吗?

很多人在我身体里冲动
一把把震动的琴弦
飞出我黑洞般死气的眼
我可以不要
什么都还给你

我唯一的机会
还可以想象
雨把世界弄湿了
我湿漉漉的身子是个空壳
床单上布满了刺

捂着伤口会烂
过来
赤脚穿上我的拖鞋
让我拥你在怀里

1999·6·3晚 于上海

胎记

是有阳光的早晨吧
一回头
镜中没穿衣裳的身体
有被药熏出来的美丽
前世带来的病
被他偷偷地看在眼里

恍然若梦
剧喘伴她昏死在床上
睁着眼睛
用最后的缠绵
看他
他双颊绯红
俯身去含

他褪去衣裳
缀在她襟上的一只蝴蝶
一把利刀在身上深深地剜
那块红记
翩若蝴蝶

她什么都不记得
灯下
吞咽下那颗糅和着他血肉的药丸

1999·6·4 于上海

-18-

药方

雨也不能叫我醒转
身下流着浓浓的血水
你的气息望定我
轻轻用乐器触我苍白的唇
犹如一场慢舞

我张着嘴发不出声音
是音乐吗
如此轻浮
我捧住自己的心让它
和身体一起下沉

1999·6·8 于上海

你敢回头

忘了关的电视机
　闪着一片雪花
忽明忽暗的月光　　一闪
　　　　　　　　　电视机突然清晰
　　　　电话铃响　有了图像
　　　　　　　　　她旖旎而笃定地坐着
　　　听筒里　　　与你对酌
沙沙沙 沙沙沙　　瀑布般的黑发
窗帘被月光撩开　盖住你失措的表情
　　你敢发誓　　猩红的嘴
那不是现实的声音　喷薄你一身销魂的欲望

　　　　　　　　你就要随她去了
　　　　　　　　背后有一只冰凉的手
　　　　　　　　搭在你的肩上
　　　　　　　　月光下只见匕首上的宝石
　　　　　　　　莹莹发亮

　　　　　　　　　　1999·6·10 于上海

天涯海角的红苹果

雨在一定高度是
风到处
爬

掬一瓢水
无声无色地洗内脏

始终没有相信
你困倦的脸
出发得更久

手心发烫
抓住芳香的凯旋门
在我的胶片里
真的出现你
你和米和时间议价

你曾赤着脚久久地
立着
和秋草立成一样的背影

1999·6·15 于巴黎

崖

我弯腰去拾掉在地上的毛衣
我拾不到归宿
抬头一片冰凉的雨

可怕的数字
可怕的电话号码
梦魇涂着瑰丽的口红

你把我涂在你的身上吧
我是你的母亲
我是你的女人
我还可以是你的女儿
我要延宕在你逃也无法逃的
白天连着的黑夜

爱我吧
风把我挤压成撕不碎的
玫瑰

1999·6·23 于巴黎Rue de Bac

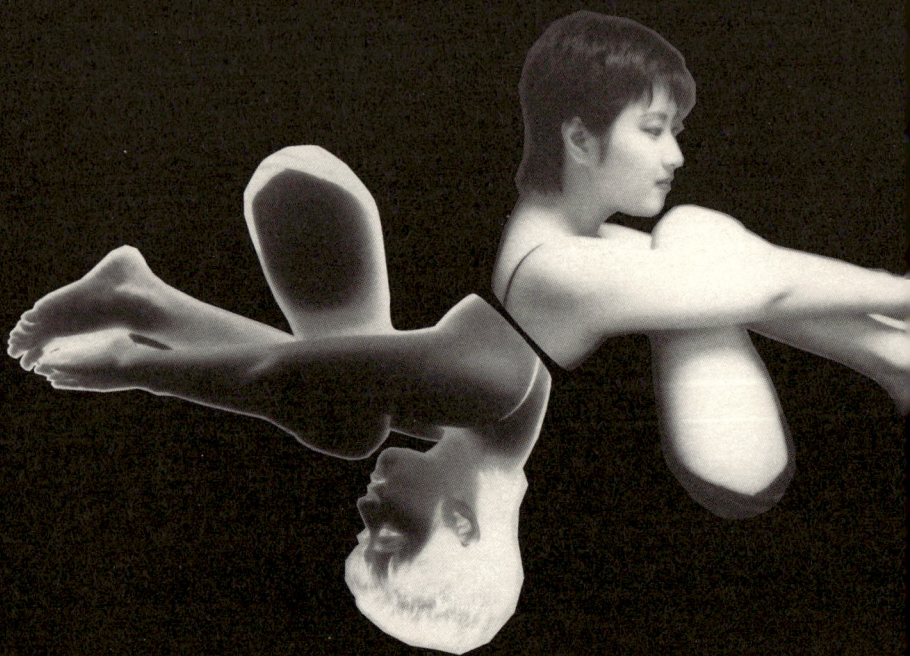

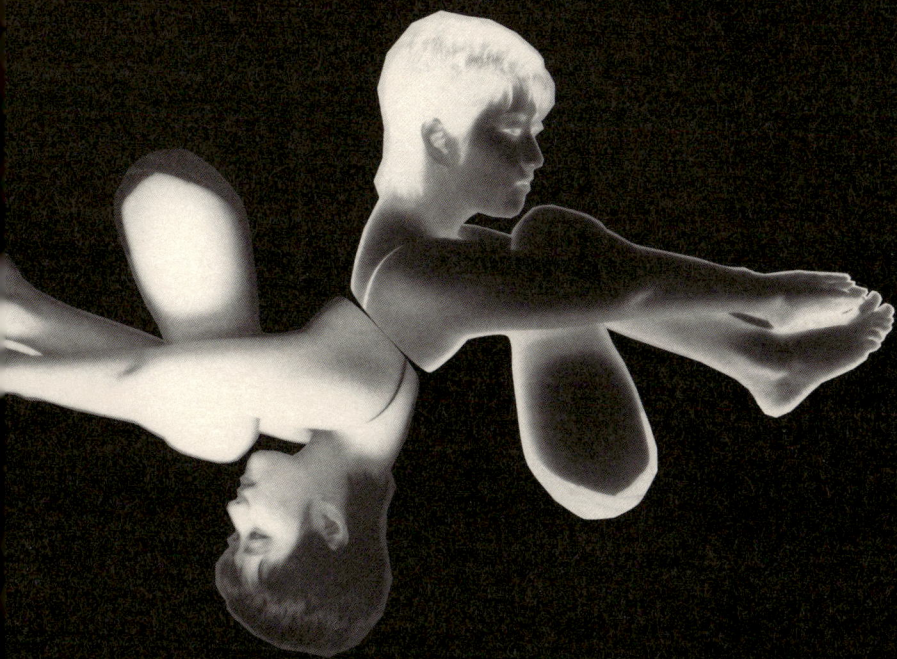

常
在
河
边
走

阳光解剖我欲望的身体
可以走下去
一直
一直
诗歌被音乐浓缩成冰块
放在身体里
融化了它吧

皮肤光滑如河面
对岸的教堂
空成一个壳
放置我不息的野心
我无法再转过身去
纵然我的面庞紧贴着墙
那墙也是弓上的箭

鸽子是我随身的妆容
夜不黑
我不回去

1999・6・23 于巴黎

容颜最娇媚的部分

拭去车窗上的薄雾
当人和光线混合
我酒醉了

幻觉的磨坊
把瞬间
肆意组合

细胞还未死亡，就像
分娩多年后，女人
滞留着孩子的残余

初夏的风
弥漫着椴花的芳香
我妒恨他，想取代他
他的头久久地靠在我神经末梢上
有些声音在原地响着

身体萎靡
一层瓦砾
一层沙

又是一次不均衡的对抗
我不会赢
一次都不会

1999·6·28 于巴黎

风掀掉帽子

几千年了

这样的一个女人走近它

岛
上

1999·7·3 于巴黎

灰色的囚衣就和秋天近了

手指划破了所有无法移动的石头

那黑暗中的雨要下就下一辈子

每一扇窗都堵住他的一生

他恨不得

把身体上每一个器官都变成眼睛

只看过去

看他熟悉的和

熟悉他的

海水是每一刻的声音

这声音捉住他的脉搏

并撞击它

他只有没日没夜地和自己写信

内容重复而单调

女人捡到帽子的时候

还捡到一行字

字迹模糊——

你来约我

然后将我带走

我躺在屋子中央
我是初开的花
我看见了你
不是因为你看见了我

没有梯子的楼房
周围布满很多道路
现代的石头窒息而苍白
那个下午
阳光在最后舞动它的血

我抄袭睡眠
睡眠却把第二天早上的镜子也倾斜了
隔着窗外的市声
我年轻的轮廓蜷缩成一堆暗黑的垃圾

你不要抚摸我
我的皮肤溃烂
身体发出异味
每一次对话都穿越过罪恶的阴道

你想让我消瘦
可以
那时 我已经枯萎

巴黎之一

1999·7·7 于巴黎

恋父

我踢着一只空扁的罐
在湿冷的街上不肯回去

我赤手空拳
喝了一碗孟婆汤
听仔细了自己的心跳   你迎上来
就来了   我们相见了
人间吗?
软湿的绿   雨中的烟雾低飞
江南的桨   我喘息
拍碎了水   流汗
恍然间   我虚弱的发丝快要应声倒下
一双眼睛   你呛人的烟草味撞击我的门
我心事重重地低头   你按住我血流不止的颈项
一看   扶我坐在碧水间
已在自己的舟   让我赏看一路的平仄

天快要亮了
让我陪你抽一支烟
你是我的父
我的兄
我三世的恋人

你的手并不抽走
它是我这一世唯一拥有的人情   1999·7·21 于上海

睡眠的狐狸

夜的裹尸布在月亮身边倒挂

满是皱纹

如我日渐松弛的皮肤和肮脏的诗作

我探出手去

带着猥亵的动作

空气中弥漫前人未曾告诉过我的跳跃的冒险的声音

冷风在车里继续吸附我的颈脖

没有办法的

于是双腿拧成麦秸

紧紧缠绕车的开口处

长长的咽喉伸到温湿的原乡

又被撞击回来

神经以无数的针线缝补我切开的夜

1999·7·25 于上海

形式

血横过来颠过去

绕在我的屋梁和背脊上

藕断丝连那虚拟的孩子

我忽高忽低地在平地隐忍女人冰冷尖锐的痛

无法企及的平和

屋子连着天空打转

我提着鞋子跟着打转

我突然坐起来

隐秘的时光里有人来过

墙角一只骨架松散的蟑螂

被踩断的翅膀

形状怪异而笨拙坚贞

多像一个人

那人多像我

1999 · 7 · 31 于上海

大祸移情

荒无人迹的城
薄雾安静地承担了千百次刺杀后降临的子夜
一条黑影
出现
她吸引我，湿润我
如果月亮不是光她就是光

充溢了一千倍的时空彼岸
划过来
黑洞般的天体下白色花环纤尘不染地赋予我们相同的性别
走出来
大门已在身后关上

把手给我
把身体上的瘢痕给我
把寂寞如坟场的怀抱给我
把缀满脆弱的根须被男人当作静物抚摸过的乳房给我
让我们合而为一
生长在一起

1999·8·4 于上海

迁

紫罗兰砌在屋子中央
写给你的信沿着屋檐离去
我知道
你一切都好

上海很迷乱　但我喜欢
我住在这里
苏州河上整夜有拖船
你在地球的深处建自己的家
你是我的敌人
你爱的女人是我的敌人
我现在为什么活着
我说你知道

你用你一小缕生命照耀过我
你的齿间衔着我的发
就这样我不再是任何人的妻子了
而我又能对你说什么
用什么样的方式
如果你花一分钟站在我一边
我想我还会痴狂起来
煞费苦心地选择你

我想我在爱你
我想我要离开你

1999 · 8 · 7　于上海

长
藤

我在大街上奔走的神情

剩下的事情已经很孤独了

我把刀子插进瞳孔里

视线越过你的肩头

让身体醒着，感觉你的手

感觉皮肤乳房温软的小腹还有心里唯一相信的存在

谁被降生在世上满是疼痛

谁被教育成扎着粉红色丝带有着洞开的孱弱与幻想

谁会用别针去刺破自己然后让人哑然这钢一般的复仇

谁在初次凝视至亲的人的一刻已被绑上石头沉入水底

谁在太阳之下写着最后一首情诗看太阳拂照着刚才有过你声音的电话机

1999·8·18 于上海

丈夫的脸在身后望着望着望着

她一心只想淹死自己

岔路口

混浊的绣着白色花边的一潭深水

一具具艳丽的尸体照耀着

她盼望啊

她摇晃着她这样那样地摇晃着

绣

摇去刹那间就变得无用的东西

好久没有吹风了

一场雨就径直骗到了秋天

最初她得到了吻

然后她一定得立即再找一个爱人

一群孩子在码头玩

穿着白色的婚纱

手上的蜡烛跳跃细碎的小秘密

她十分可爱地跑去了

在牌桌上她冷静啊

爱情的险滩上她怎么就动用了感情

傻子干的

傻子都看到她泪水盈眶了

她走到花园里荡秋千

爱情和死亡刺激了她的幻想

1999·8·22 于上海

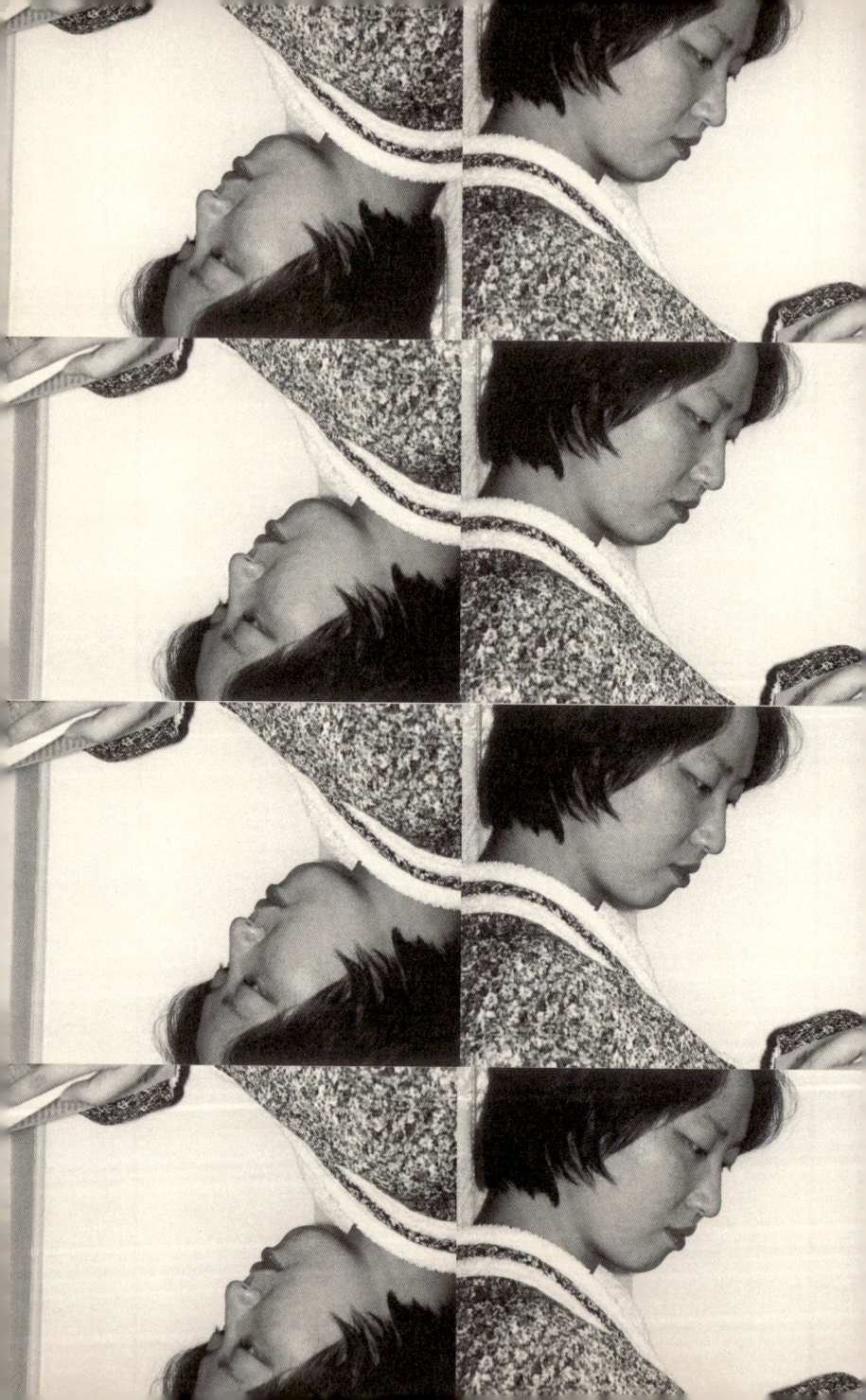

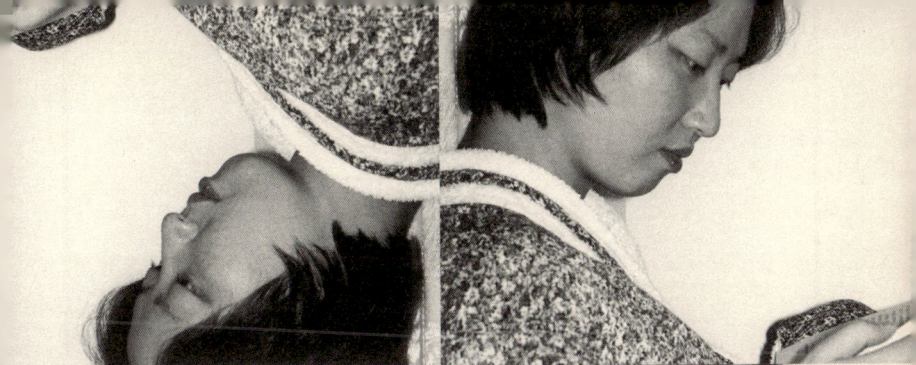

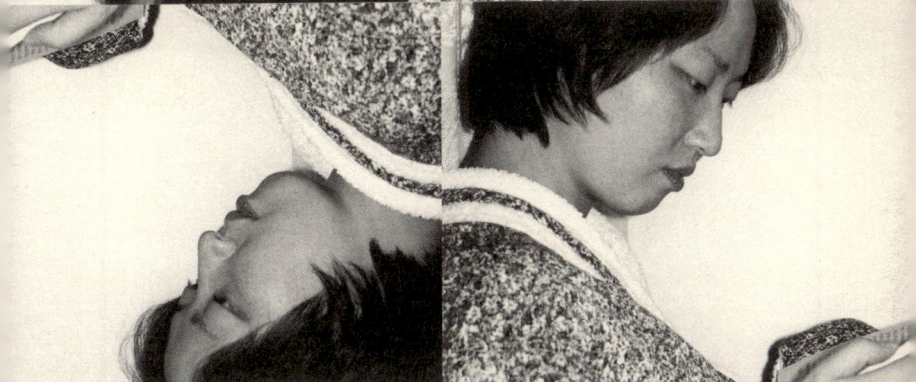

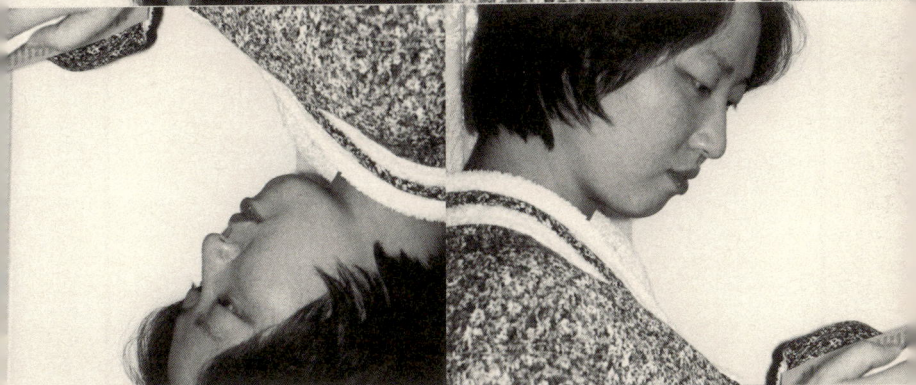

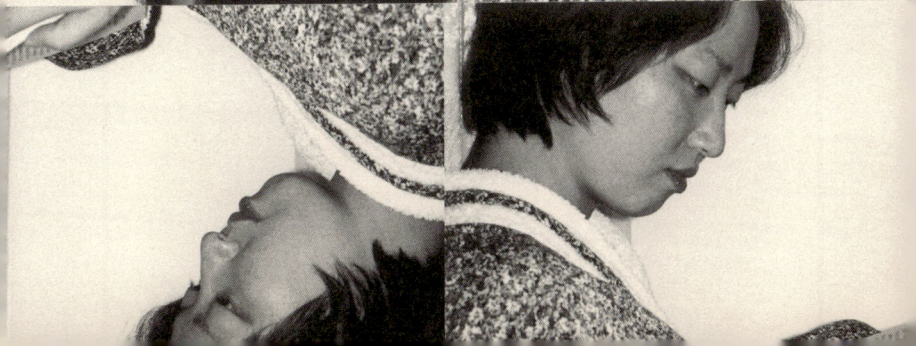

重要

写作的午后，从窗户望出去
只能看到天空和云
其实，我在看另一个世界

门没有锁，把自己的生命哐当一声撞到了墙上
那堵墙已经为星星月亮和乱七八糟所纹身
现在的女人个个都学会了痛苦

我一阵恶心，转身离开
那薰衣草紫色的忧郁，黑夜分泌的死的偶然
还有啪一声掠过的颤抖着的现在时

我感受过这种欲望
四溅的泪水漂洗着自尊
回到暗处承受你形而上和形而下的专横
听着背后的声音
扬着爆裂的头颅

碎了的镜子烂了的木头一齐发出回声
还有孩子气的癫狂的
嘶叫像要讨回公道

我曾长久地把手交给你
那时它们是两条鱼
还有很多人依然在爱你
我默默地离去
这是我的触摸

1999·9·6 于上海

整夜

我躺在发绿的玻璃上
夜
辐射在我的脚上
我的脚被情欲系住

抓住我——
就像纵身一跃的蝴蝶
怎么也跃不出天空

再不期待什么再不原谅什么
这回我存心做个女人
一做到底

我的皮肤柔软
我的脚踝颤抖
我可以只是皮和骨
如果还不够
我甚至可以只是芸芸众生

这样的晚风我认识
它就这么抚摸下去
有一些男人径直从我下面经过
我要藏起来

1999 · 9 · 10　于上海

从沼泽地来的鳄鱼和毒蛇

粉蓝色的墓碑上刻着我妻子的名字

在我最后一次离开她的时候她已走远

我仔细观察那些聚集过来的阳光

它们在很多时候是有动静的

我费了很大力气让自己更老些

我看到年轻发光的她舔着我手上的糖汁

她的嘴和糖粘在了一起

我的手碰到了她

一阵突发性的抖动让我围着柱子转了起来

我变成半人半畜的怪物

我想尽快回家坐回自己的椅子上

我的腿开始轰鸣

左脚变成右脚

右脚变成左脚

我在童年时的广场

我遇到另一个陌生的男人

　　　　　她立即推开我
　　　　超越我的身体开始飞翔
　　　　　我的围巾飞出去了
　　　　　我摔到了楼梯下
　　　过了很久摔到了地平线上
　　　假如我摔到了地平线上
　天空山脉河流就一齐向我发出单色的光

　　　　　我又想起了她
　　　　在墙壁一样坚硬的地方
　　　　　背靠背地坐着

1999 · 10 · 19 于上海

白色药丸的十二个梦

我怎么知道我还能爬行
在床与桌子间

就因为冷
所以我要花一生的时间为子宫生病
药丸白色的脸
我去了湄公河
那里有堤岸和瓦片
在我还是孩子的时候
白色婚纱沿着一条玻璃的河走来
某一天的清晨
一双手把我挂在钩子上的灵魂取了下来
我发现自己眼里的一种神情
好像我们又生活在一起了

我在有雾的窗前坐着，望着过去

已经是去年夏天的风了

1999年结束了

从此以后

只要我愿意

我就可以把自己把"魔鬼娃娃"把小熊淹死

2000·1·4 于上海

铜锣湾789

想念的时候，想起了爱情
你盖住我苍白如百合的唇
身边的傍晚从此失去贞洁

时间
还在流
别的傍晚也过去了
我怀里揣着没有血色的猫
坐在咖啡馆窗前等今天下的许多雨

现实也是一种虚拟
也许就是星期四，就如今天

我顺着光线看第一个朝我走来的人
看来时的路
看一路上孤独的我

2000·1·25 于上海

最近的铁栅

镜中浮出的药味
蘸着药味的脸瞧着我又瞧着我
夜深得让房间想大声地哭
《夜的战斗——最后一章1967～1999》

左海右海都在逢年流血
沼泽地，鲜红的槐花带来自己的经血
如许的子夜的幽蓝涂遍死者的前额，哪里

哪里再见不到阳光的劫数
直到最后一天我还在用肌肤和腹部拼出身体的幻象

2000·2·22 于上海

风，你走

晚秋，你走
渗透牵念的万象，你走

先前的自由算什么也要留给你
你抚慰我的样子袭用了我的样子

一点也没看清未来
你也没记住的未来

飞扬的尘埃纤长的夕阳
为什么我嘴角的幽灵疼痛又快乐

絮絮的雨声雨声之下你之下的我
情欲像玻璃熠熠发亮

一心要放下的手忍不住想去赎回时间
比你高出的眼泪很快就要落下来

迷乱的骨头敲出正剧的钟声
挣扎也需要的镇定请你坐下来不要冲垮我

风，你走

风
你走

2000·2·29 于上海

夜色的手按住了红尘低微的气味

有人告诉我，在我们的上方
水超越我们

已过的情的惊骇
门外过路的车辆撞倒我从前的身体

我恪守的房间，两条蚯蚓用大腿划过
投射在墙上的人影和说话声

你从不和我一起颤抖

我吸到的是红尘低微的夜色
我躲到的是我腐烂的躯壳
她身首异处
一部分在海里
一部分在男人们难以察觉的怀里

有很长的距离我们无法抵达
而我
深深地扎进去

2000 · 3 · 24 于上海

空气像轻纱飘下来

用月亮的眼光
暗恋夜色的少女
从手里翻出杂乱的空气
不要诅咒它，每一个总是下着雨的睡眠

其实，你只是我想象的爱情
像睡着是醒着的证据
每一件真实
只划死亡的十字

假设地堕入谁的时间深渊
一半是光，一半是高高的树梢
否认涨红的双眼穿过鸟群来到寂静的庭院
许诺过

切开的风切开的灯盏
自由地笑自由地毁灭

下意识地坐在地上
哭了哭了又哭了
真正的自我一惊，逃离大地
空气像轻纱飘下来

2000·6·4 于上海

蚀

在我的腰间
时刻都有一排钉子
谁给我精神
我就钉住这怪兽

在我的窗前，忽远忽近飘来黑暗的黄昏
不分冬夏的黑暗黄昏
我的父亲抱起我
不让我看见
鬼魂体内的毒腺

我满腹狐疑怀着未出世的孩子
在我快窒息的时候，他还睡着
其实，他已死去很久
我采摘雨中的阳光
用他喜欢的清洁的手

就像那些流产的黏连，回忆泻下的苦痛
什么都不是
我多么憎恨渴望身体接近的
软弱

破晓前的黎明
不再收留我，我再要呼救
我裂纹一般地呕吐

2000·9·12 于上海

夜色清朗

她上了楼梯
进了房间

     用酒狂奔
     然后，吮吸过了燃烧的酒瓶
     她才知道
     夜色清朗

            她才知道
            把酒当成了夜
            也把夜当成了恋曲

湿润的嘴唇有规律地颤动
没有什么地方比自己的房间环境更加险恶
其实，夜至少还有一年才来
百叶窗关着
他会从窗前经过
她竟然吻着自己的手

她永远都不说出
"你回来
回到我的里面"

她却时常叫喊
扭打自己绯红的喉舌
"毁了我的器官
别碰我的心"

绝望的记忆一直都在
无奈她一天天
老去
记忆也不再吸引别人

2000·9·14 于上海

天下

要是有时间
我们就相互爱上我们的现在

不然我会和你争
我坐在白天还在抽烟

日影摇曳
橘花很香
我用尽力气只为真情流露
疯狂的快感很狼狈

我不说别的

没有时间了
我们只能相互爱上我们的现在

爱和不诺
像进入隧道时黑暗和光明的纷争

迥乎不同的临界点
我面临想在你身上获得重生的绝望
你却诱导我
时时迸发出完整恶心的娇柔

我再不说更多的

2000·9·28 于上海

星期五，傍晚的窗帘

没有，我看见的冻结的大地
他的双膝紧紧地埋进雪花，行人，车轮
烟的光柱渐熄渐灭的记忆里

后来，设想我看见
与活着迥异的宁静
无数的手轻抚小鸟悠长的灵魂，一年过去

在天空上投射的红墙，黄沙，白塔
彩色的阴影
比故乡更缥缈不定

2000·10·17 于北京

拼图

这是我的皮肤
我的眼睛
我的头发
我的脚踝
我的体味
我的情欲
我的恐惧

我穿过整个房间
我看了一本书
我记住了一些细节
我写作的同时
侵害了私生活
我温柔也好
寂寞也好
入睡之前
冬季来临之前
一直陷在枕头里

我 如果 还 会 疼 的 话
我 就 坚持 让 你 刺激 我
我 一天 只 喝 两瓶 水 吃 三 个 苹果
我 看 着 白色 干净 的 脚 趾
想 着 把 它 们 卖掉 可以 换 回 几 个 梦 境
我 在 听电话 的 时候 想到 每 个 人 的 肉体 都 应该 是 光亮 的
我 等 着 你 的 喘 息
它 证 明 我 还 有 力 量
我 就 这 样 度 过 我 的 青 春 时 代
我 即 使 在 毫 无 感 觉 的 时 候 也 有 几 个 情 人

我 即 使 缺 乏 爱情 也 会 经 常 流 产
我 从 不 害 怕
除 了 最 后 一 次
你 还 深 吻 我
本 来 可 以 像 杜 鹃 一 样
可 以 有 安 静 的 诗 意
我 说 过 诗 和 音 乐 永 不 分 开
我 把 手 伸 向 你
直 到 最 后 什 么 都 来 不 及 收 回

我 就 算 长 大 成 人 也
不 会 把 忧 郁 说 出 来
我从一个念头到另一个念头之间
想 了 很 久 了
在这中间服了很多白色的药丸
它 们 随 着 光 阴 流 逝
我 疯 了
我疯狂不疯狂那是我个人的事
可是我终究不是一个狂热的女人

我 的 形 象 是 我 的 处 境
女 人 是 一 种 处 境
走在陕西路上落叶缤纷的冬天。
我 多 么 怨 恨 你 。
我 恨 你 就 像 没 有 人 恨 过 你 一 样 。
已 经 有 雨 落 到 肩 上 了 。
现实和想象之间有一堵破败的墙。
我 谢 谢 你 这 一 次 从 后 面 拥 住 了 我 。
非 常 简 单 的 幻 觉 。
用 想 象 连 接 的 生 活 。
可 怕 的 不 是 你 不 在 的 时 候 。
可 怕 的 是 我 偎 在 你 的 颈 窝 里 。

看着窗外的夕阳淡淡地射进来，想着天快黑了。
可怕的是风雨来临的夜晚祈求更大的风雨能够改变生活。
有些感觉对我来说是存在的而对别人来说也许并不存在。
黄　　昏　　消　　失　　了　　　　　。
爱　不　是　一　种　声　音　爱　是　一　种　光　。
随着年龄的增长越来越懂得欣赏令我平静的男人。
生　活　永　远　不　会　不　给　人　什　么　　。

2000·11·19 于上海

《沉默再这里沦陷》

散文作品　详见不知

《其他的瞬间》

说随着多年的心声呈部
都未感到抚平
谁把哈一些面颊
它的影子便未震盖我
它的简单的形影穿进动的讥讽
一种更明的力影在话眶上流向
说道"心简单"或再起
它的简便为满我的眼睛
熔化说的哪眼睛
不为再之
它为什说的爱去根拔也
没有说的手指
语录一件事都曾经如此地

一个下着雨的下午

FOR MAHOKO

两个东方女子在雨中奔跑
她们黑色的发丝像樱花、牡丹一样绽放

　　　她敏感的手在给武满彻和煦的承诺
　　　武满彻"闭上眼睛"，说，世间最艳的是音乐
　　　她温婉的手在推开"松"害怕的黑暗
　　　"松"狡黠地窜进里屋，莲步轻盈
　　　她有力的手带他回到他回不去的故乡
　　　安静地看他在家乡的小酒馆里痛饮醇酒

　　　　　　这是一个下午
　　　　　　生活中一个下着雨的下午
　　　　　　她们手握一杯春茶
　　　　　　窗里窗外都是回忆

她们很快就要分别
飘落的花瓣染白她们的脸
雨，拥抱着她们
停下脚步，跳一支舞吧

　　　　　　　　　　2000·12·2 La Paris

夜不精灵

左边这个眼睛,是我的

有了这种表情

被风吹皱的眼神

漂浮在身体的每一个角落

未来就此拟定和造就

像爆裂而成的废弃之物

送它们上路

只有希望的一瞬间那么短

约2000.12 于巴黎

夜不精灵之二

不能再亲密了
他离开这间房间时
街道都空了
她躺在拐角的长椅上
细软的发直指天空

好像旋涡
旋涡里从来没有赢家

人们穿越各种建筑
她只穿越那间房间
欲望的牺牲品和附属品

怪石嶙峋的约守和操行
人心是无根的浮萍

约2000.12　于巴黎

夜不精灵之三

安静地呼吸。呼吸，呼吸

气息中蜿蜒着一道轻盈的历久弥新的裂纹

细看时，有许多微孔打开

很多离子流进流出

拖着长长的尾巴

离得很近

连接的架构尽数散去

染色体的时刻和左乳布满牙印的时刻

芭比的时刻和麦克白的时刻

吸血的时刻和毒蘑菇的时刻

约2000.12　于巴黎

夜不精灵之四

距今遥远的未来
脱离地球圈的人类
烟消云散中神志清明

在无形的涯岸
无需躲避追杀的骷髅

委身下来
交感神经系统充分湿润
迅速凝结的血液
收缩，再收缩

离那最可怕的基因已经很远
能想，能招架，能一眼看穿，能抚慰
只需最少的能量
就有千百种的节奏

轻轻抚慰
抚慰，就是强调

我们在这里

约2000.12 于巴黎

夜不精灵之五

每一段
妖术
说不清
是增誉
还是毁誉

穿过身躯
一柄弯弓
一串子弹
黯然
又
响亮

激素飘荡的气味
再大的
空间
也是
囹圄

约2000.12 于巴黎

夜不精灵之六

看见的是红的天空，在吃完早餐的那一分钟

(a)骨架

(b)子宫内膜的两层外膜

(c)跛行，跳动的血

(d)令人费解的物质团块

(e)像巧克力，非常少的量就很强劲

(f)美杜莎

(g)蜉蝣内部的呻吟

(h)太阳

犹如一面巨大的热镜，人的大脑会想象出不存在的事物，

同样无法注入任何意义

约2000.12 于巴黎

某种相似之处

甚至是嫉妒
跳舞者在《笑忘书》中升入了天空
飘然而去

甚至是吸引
这个女孩《你能走多远》，不清白，有问题
感情生活混乱

孤独难耐
蜷伏在有霉味的地毯上想什么
天花板上影象高照，手脚奋力浮起来，想要接近
你毁掉我舒服吗

2001·1·6 于上海

丧失的理想

最初不是这样想的
所以我写再多的诗
也是一些变化无常的事

眼泪像油漆一般流淌
痛苦的巨大
大于生活

战斗就是结束
一天结束的时候
我曾怎样地哀求你

我想就这样
踏过寂静的雨水
我在我的世界

2001·1·9 于上海

闭上眼睛

她们在另一个地域

我拉着她的手在我房子的四周缠绕
她紧闭的双眼有她无情的特征

有时在傍晚也发生
我身边温热的床单下咆哮尖利的叫
我内心深处
我把她的手放在这里
我越搏击她越恐惧

她为什么不允许我死去

再死去

我没有遵循的方向可前行

她光滑的肚脐有婴儿的气味

晴空和陷阱相互呼唤

光彩夺目的时光后

我从她困倦的眼皮上

离去

2001·1·10 于上海

照亮刘芯羽的脸

窗口，春天的黄昏
我吸一口风吹入你的嘴里

我们的六点钟。

蓝色，又袭来，烟，雨，秘密地温柔着的星星
肌肤相连，
丝绸的蔓延

这一瞬间，
你体温不再迅速消散
你被包裹着，满是海洋的颜色

暖和的泪从我的臂弯流出
灯亮了
照着刘芯羽的脸

2002·3·23 于上海

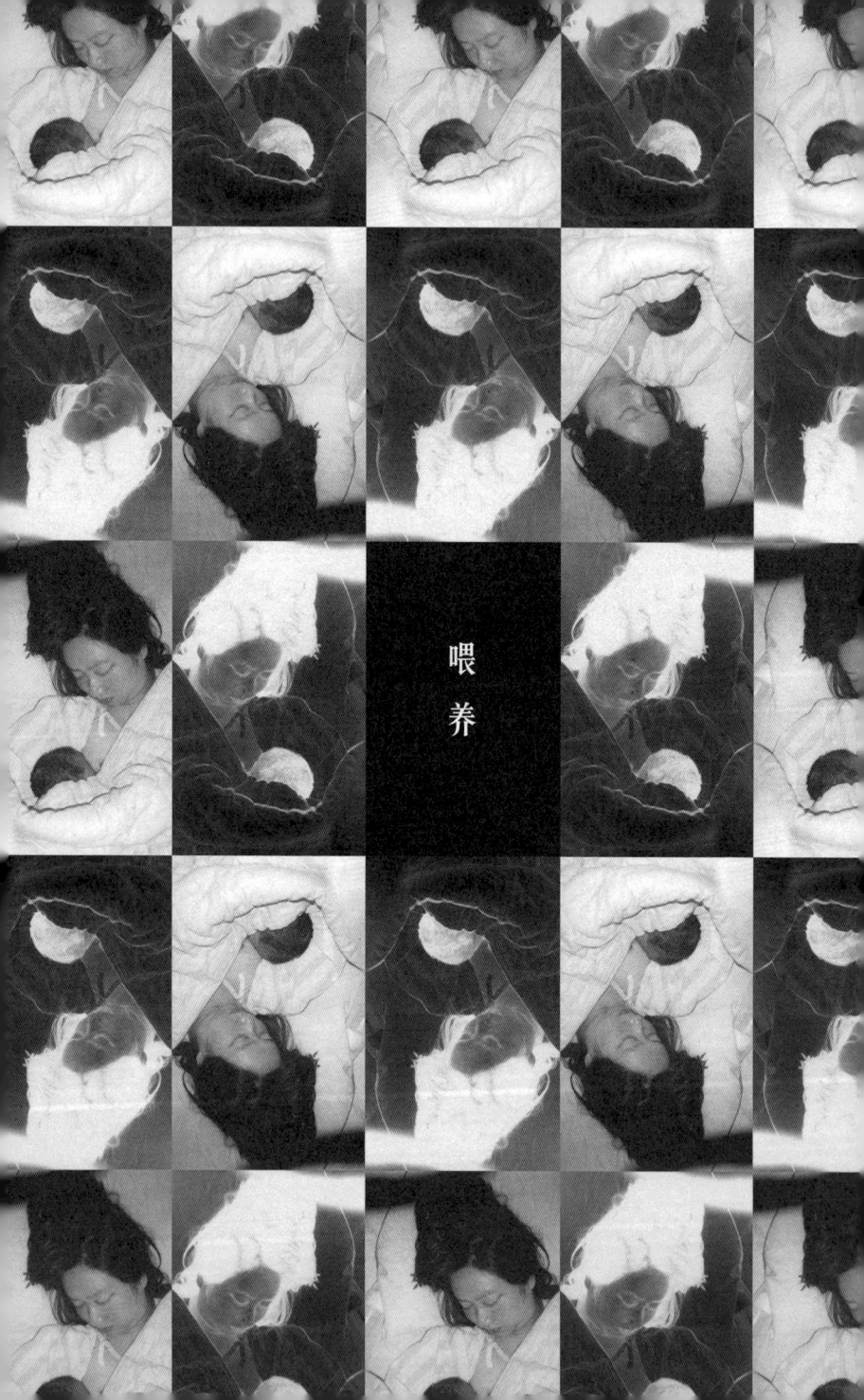

喂
养

上上上你
缘水翔养
边池飞喂
在在在我

上上你
峦房间养
山乳时喂
在在我

你顾
养反
喂无
我义

上上你
呓液烬养
梦胃余喂
在在我

上上你
独瓶篮养
孤药摇喂
在在我

上上你
子盍雨养
刀氲风喂
在在我

上上你
肤裙作养
肌衣诗喂
在在我

上上你
夜带泊养
黑脐血喂
在在我

上上你
箱喉崖养
暖咽悬喂
在在我

2002·3·26 上海

不仅，而且

自从上次
她把脸靠近我的脸
这样的肌肤之亲，在早上

我弄醒自己
赤脚在很光滑的地板上
她睡着

她把身体藏在我的嘴里
渐行渐远的阳光
我舔犊她，暖和她
草地湿润地延绵不绝

蓝色的天空，蓝色的奶瓶，
蓝色的她身上的气味
我的心快要毁了
她轻轻松开百合花的小手

2002·3·30 于上海

-104-

蓝

白天过去了
夜晚过去了
我像一名乞丐
穿着过时的裙裾
从一扇门到另一扇门

许多人注视我
我的手指像十二月的草那样
变白变枯

我甚至看不见女儿
梦中的我们互不相识

鼓翼的乳房不安地凋谢
早晨，半醒过来
四壁都是水声

2002·4·13 于上海

练习曲

空房间，一个连着一个
"让我出去"

我抱着她坐在黑的中央
抱紧的身体下沉
落进这声音里

哪个往昔是这个声音
然后声音逝去了

我们变成了冰凉的石头

2002·4·15 于上海

收拢，然后折回体内

已经晚了，空气清凉
斑驳的树叶，深黄的茎果

忧郁透明的小脸
垂悬于我的胸前
濡湿的手指
白天在怠尽

轻如云烟的呼吸
吮吸着的双唇
已经说过了什么
重复说着什么

2002·4·15 于上海

婴儿

天气持续寒冷
渐渐显露出来的词
逃不出命脉蜿蜒的缎带

仅仅是我的血
像情人们的沉默
很快那些敏感的冷漠的
被巨大的火焰灭迹

看不见自己
孕育在脑中的陌生幻象
潜伏在身上

我向谁请愿
于是我不在乎坠落
一坠到底

玻璃的反光中
乳汁微微作响
我砸碎它
把玻璃砸成乳汁
把乳汁砸成玻璃

我给予　给予

给予
　　　　　　不再想索求
　　　　　　甚至不再求活着

　　　　　　每一块石头每一条音阶每一枚刺
　　　　　　透过血红的台阶我迎向她快乐的尖叫
　　　　　　紧贴她的肌肤
　　　　　　我沦丧了全部

　　　　　2002·4·22 于上海

号码

潺湿的夏日，几乎遮没
细小的枝桠
室内暗下来
背脊上芒刺般地悸动
想着还要共度那些时光
倒不如破灭

只有破灭
我才想象我们互爱

什么样的刀刃
什么样的刀刃正在上空穿越
我看着它逝去
我看着

2002·8·1 于上海

人像

我承认了这个，我很快就要垮掉

我的夜开放，深不见底
下一刻
一缕像极了月光的影
心脏一样在那里脉动

我冰凉了
这夜，这夜
我勾引它
它也勾引我

我变成了这样

2002·8·6 于上海

品月

孩子用身体
压着我

现在我是在长长的波浪里
依附着星期九才开花的苹果树
桨橹映衬着手臂
有时温柔，有时虚空

我没有睡
而是看着我们的栖身之处
假如阳光是田园
微尘停在空气里

亲情的水珠滴落了

我创造了什么
卵型的血缘

孩子只要你想
一辈子用嘴去啄它吧

2002·8·6 于上海

恒定

那树开花了
当我还是孩子的时候
我依着墙壁

密密麻麻的幻象从清晨的露尖上浮现出来
多年后
隔着一道窗帘
两排牙齿都在疯长
爱与爱相互撕扯
比生命的历程还要多的抓狂

不要。我否认这样一种感觉
永夜伴随着
杂草、尘埃、天空还有天空的宁静
当我沉睡在一条腿和一只手臂的中间
群鬼从我面前一闪而过
再假设，我又变回聪明
沿着七月，十一月或任何其他季节
灰飞烟灭

灰飞烟灭吧
静得，让我无法记录

2002·9·9 于上海

螺旋

不健康的肤色　薰衣草的紫色
我伏在你的上面像湖底的清香
水天相连
现在，你安息吧

雨变成的阳光，一片片的轮廓
时而飞过
狗吠声，徐徐下降的黄昏，给我带路的精灵
我睡了
变得像你
我的父呀
希腊式的任性掰成两瓣
软弱给你，坚定给诗

搂进怀抱却不能生育
疲乏而多情
我站在自家的阳台上
彻底跪倒在你的尸身上

蟋 蟀 作响
流言蜚语
隐身其间
时复一时

2002 · 9 · 10 于上海

最蓝的房间

我已经没事了，像石头
我们仰望彼此的天空，再次像当初一样

没有一丝云，一片幸福的光
在推诿的哈欠后，我走出房间

胸口吐出的寒气变成叶子，一片一片吹散
哭脸，笑脸，意识流动

平地相当陡峭，渐暗渐弱的街道——
行进的行星

变异的黄昏中，像无聊无味的叠句
通体固执

我身上的白衬衣，双腿越伸越直
在看不见的地方

我没有走过去，也没有一只飞鸟跟随
断了

在很长久的以后
我将真正地隐遁，听你说纷繁

在浅薄的土壤中，稻草和心旌迅速摇荡
翌晨消退

这就是全部，肆虐，空间，延伸，消失

地球有意义地飘悬，事情完成得太快
银河倾斜

唯一重要的事，穿透它
枯萎毁灭

2002·9·17 于新加坡

劈开夜里寒冷的空气

周围都是人
飞机将在某个时刻坠落或爆炸
在失去空气的一瞬间
我欢喜若狂

眼看就要相互摆脱
在地球与月球之间
在身体与灵魂之间

横尸遍野
我的身体还有一点暖气
我静立
循环不息地呼吸
亲手也抓不住的尘世
只有通关的密语

不论今昔，以及容易终止的生命

美杜萨狂笑不止

聋了，瞎了，哑了，发肤也涣散了

渲红的利刃

凝滞的细雾

塌陷的深渊

灭迹的爱恋

终于可以

在天命的劫难之上欢喜若狂

2002·11·16 于南宁

请你微笑

她的幸福的生活，口鼻流血
风吹过的时候，上车吧

地上有一个叫喊的记号
你和她可以一起通过
不要想了又想

她以前不在这里，也不是这样的
骤然刹车，树叶翻腾
她乐意向你展示
寒流一样飞过的阴影

对吧，神经使你硬朗
沿着峡谷
长虹起伏上下
她眼影上的珠子落在你花瓣般散开的膝上
笔直穿越对方的身体
你们就会迭印在一起

而前方，垂着虚构的太阳融化的夜
静悄悄的

2002·11·25 于上海

原告

自己的记忆不用搜
寻，最后的弯处只
有一条路，别扮巫
女，也别扮天使。
我老得足已九次垂
死在床。棕榈枞
树，秘密集合的乳
香。你可以看到烟
了吗？我不敢忘记
你。你启迪了我体
内的荷尔蒙，狂
躁，酸楚，忧郁，
果决，一如孤独。

去死吧！这一次，肯定
死。即使我被冻成骨头，
也倦于回响柔肠寸断。无
所凭藉的太单纯太复杂
的，这一次，由它去。

由它去，房间，历史，胎
儿，花瓶，预言。

我得到了最高力量。所以
我不想躺下，像蓝色的花
茎柔软生动。再说一遍，
它的锋利无比。我怀疑我

从未见过的地狱，我怀疑
重返生活的希望。

这是下午，所有的下午都
有一个季节。有些在跳动
的声音，啪嗒，咕嘟，噼
噗，时间是静美的，我腿
上的蝴蝶斑是静美的，取
悦我的用力的爱抚是静美
的，我抓紧不放的你身上
的寂静是静美的。

哈，等窗台上这些夕阳都
死了，我们会怎样？

抬起你的下颚，我们，深
深地呼吸，一切都已失
去，生命由海洋迁徙到陆
地，我绵绵无尽的胸脯渐

渐发黄。这一次，
什么都不缺，什么
都不要。一笔勾
销。

等时间到了，下一
个世纪末，你还能
爱回我。你会在窗
台找到蘑菇，在我
身上找到活着的遗
愿。

2002·11·25 于上海

单色

飞入她血迹的体内
宛如刀割

寒冷，细雨，花萼，枝蔓
想一想，她便坐到树的顶上
吸到唇边的云层
鸟头，人像

这一方面，另一方面
她把自己交给
灭绝全身的各个环节

回声经过天空
骰子掷出很远
她早走了，此时，此地
太阳在地表下面

2002·12·15 于上海

声
声
慢

越过流动的光影
是漆黑的一片海

热量再一次离开身体
雨势像野蘑菇般耀眼

通常，梦境是触摸太多的缘故
砒霜，敌意，悬空而舞

一个钟头过去又是另一个钟头
盛大的祭典，于是床头又亮起了廉洁的光

经年的残骸经过此地
面目模糊，形迹翕动

今夜能否平安无事
紧闭双眼，罪孽的血流柔和而迅疾

"太迟了，亲爱的"迟得消遁了
柳树和荆棘，教堂和忏悔

滚圆的屋脊遮蔽尘土，遮蔽幽幽的光线，
遮蔽两步就能跨越的情障

风把头发吹松了，古代的一丝沉默的微笑
悲哀和恐惧压抑住了

2002·12·17 于上海

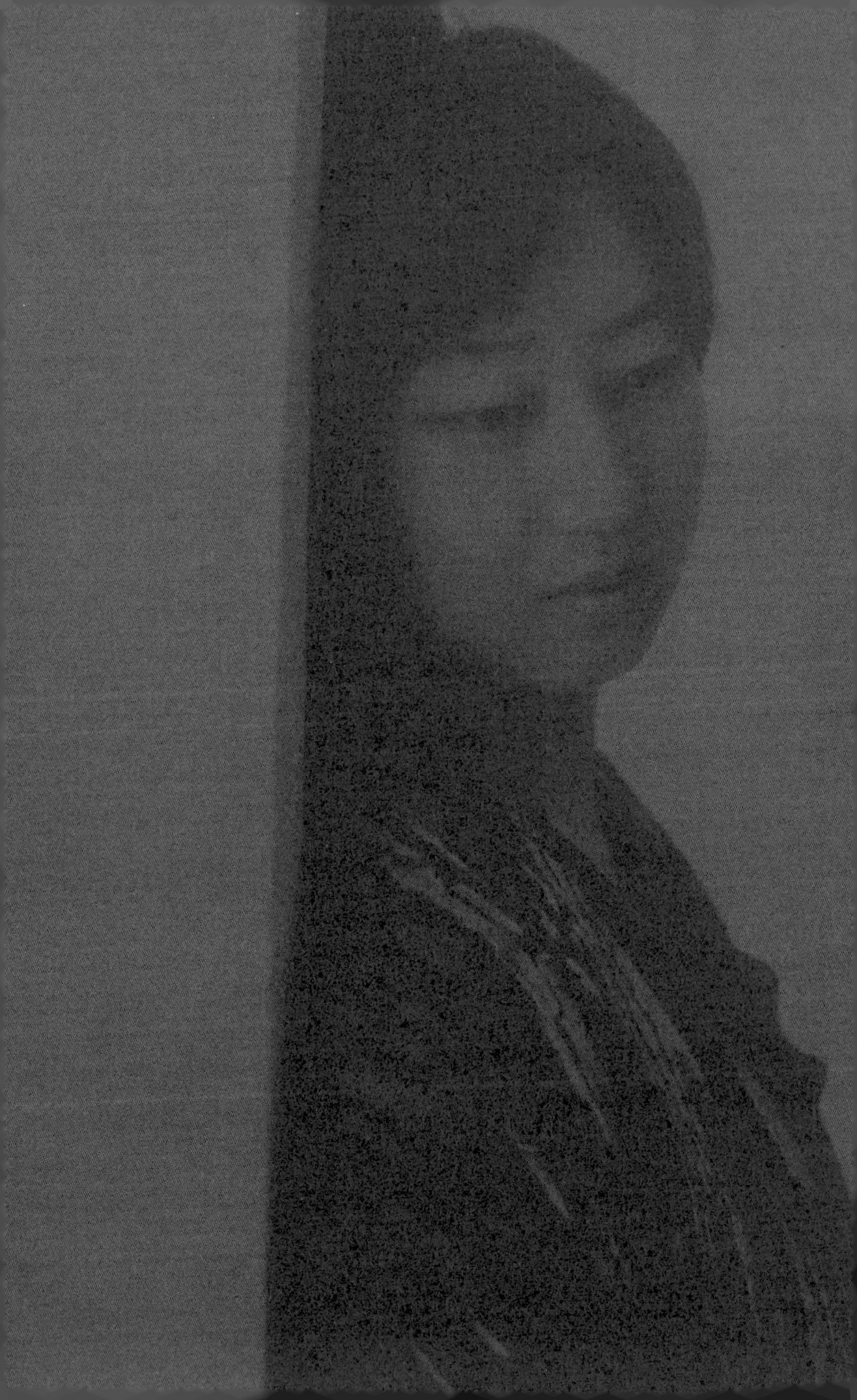

问，答

风已经将我催眠
我伸出无臂膀的双手向天空发难

希望如此卑微
锈迹斑斑的红色指甲
汗水从上面潺潺流过
孩童的卧床爬到窗格子上

失去年华的时刻已经到来
我无法逃避
聒噪的音节
危险的棺柩

蠕动地吼着，花，花
白色大地
一地的漫漫天涯

2002 · 12 · 18 于上海

诱惑

手里的纸牌
昨夜，我疲倦的时候抽出一张
红桃K
满嘴的糖味
雨水如幽灵一样轻盈饱满

在无欲的房间里思想
睡着的时候像死了似的
安静使腰身纤柔
散发植物的芬芳

回忆，性，迷恋，恐惧，死亡
流入浴室的下水道
发白的唇和床单

游戏开始了
有条不紊的仪式
拥抱亲吻
已经没有人记得
他们交换了底牌

2002·12·19 于上海

我哭了不停
死过一次了
我

冲洗我，擦亮我
撕裂我
无法控制么
一种让我变得污的甜橙味
切开我
仔细检查

动
摇
啊

用一种眼神
一片一片完整地落下来
覆盖。
五指之间
我失去知觉
天天覆盖你
找个角落好和你在一起
没有你的日子
是自己和黑夜

这是最后了
你身上有糖果了
你露出你的龋齿，舌尖，薄荷糖

　　　　　　　我抱紧天空的双手
　　　　　　　　　　　谁左右
　　　　　　　天亮 天灰 天黑

止痛

　　　　　　　城市想要的尘埃
　　　　　　　和你一起穿越尘埃
　　　　　　　　我亲手抓住你
　　　　　　　抓住我熟悉的皮肤
　　　　　　把它钉在我看不见的骨头上

你不在我身边

　　　　　　　腹部的裂痕
　　　　　　　像昨天的细雨

我不断地呼吸
在大地翻滚
有人以为我在跳舞

　　　　　　　　　　　　2002　于上海

无法殖人的男孩

把他抱近。
把他推开。
森林里。
更多的你。
更多更多的你。

焚尸和取暖的柴堆。
曲蜷的叶子。
像孩子不安的指甲。
硕大的枝干。
满嘴泥土和愤怒。

沙地。
路线。
记号。
分叉。
肮脏的狗。
微风。
视线。
鸟吗？
山。
阴阳交错。
泛光的河水。
童车在引路。

我的隐蔽之处。
我母性的孤单。　　　　　　　　回响。
迟钝而明亮。　　　　　　　　　笑声。
　　　　　　　　　　　　　　　吠声。

站在他和你的中间。　　　　　　哭声。
在一座偶然出现的房子里　　　　他赤着脚。
　　　　　　　　　　　　　　　张着比婴儿还大的眼睛。

这房子。　　　　　　　　　　　他低着头。
比你和我的视野还荒凉。　　　　死绝地回响。
阳光和云朵无处不在。
摹拟的原罪。　　　　　　　2003・3・11 于巴黎

巧克力

黄昏一抹无穷尽的白色
放肆地开花，命运本来只有一次

有巧克力从黑色的手心流出
蜡白色的面容漆过爱人发紫的唾液

求爱的尖叫声
飞出车窗的褶皱
古老的灵巧的手指在消耗
黑色的瀑布
黑色的阶梯，黑色的表情
黑色的伤疤

记忆从未变过
我们开车去了咖啡馆
内陆和海洋整夜漂移着
焦急而迷人

2003 · 3 · 14 于尼斯

巧克力之二

房间里的云
融解着情感最后的善

呼吸像一千条溪流
粘稠在连空气也要消失的世界

通体的变异
心脏感到律动

他们是同一个巫女
轻轻飞过，紧追不放
在他的手上她触摸到自己的
在他的背上她承受着自己的

一块石头
一片叶子
一点力

2003·3·14 于尼斯

巧克力之三

Pur,粉蓝色的果酱
死之前的忧伤的安详

他们裹胁我的双手和乳房
至今仍在碾压

我在厨房找到温暖的洞穴
偷听孩子的哭喊
红色的锅中冒着箭的气泡
我被旋转
影子却被杀弑

光明的路上
灰烬飞舞着引领
幸存者们途经

比利牛斯山的露珠
像少女一样歌唱

注：pur,为法国南部城市

2003 · 3 · 15 于尼斯

巧克力之四

寒冷而苍老
吸血的巴黎

小虫白天躲进女人的子宫
晚间袭击教堂

母爱的哀嚎，父爱的痉挛
乞讨者褴褛的鬼影
醒来，睡去

我们是野兽
而我们没有孩子

不是赞美
也不是诅咒

猫头鹰般的
褐黄
灰
黑

2003·3·15 于尼斯

-149-

巧克力之五

"想象云在滴水
在你们的花园里挖一个洞
让他们进去"

泥土，花，树叶，道路，
水，急流而下的鱼儿
模糊的睡眠
模糊的透明

不需要任何联系
虚无能唤起我百千种的回忆

原子在开裂，弥合
我在你的怀里

《两个人的童贞》

令人绝望的不会留下
令人仰望的终将自由

2003·3·15　于尼斯

巧克力之六

然后舞台的灯光落到她的脚上
夜晚终结
空气里爬满黑绒布的霉味

光影飞驰

1003年的寂静里

植物般的肌肤

多情的天赋里

她厌恶地回忆起一切

回忆

不可告人的秘密

同一个故事

历史让情欲残忍，愤怒

腐烂，匮乏

喉部涌出的鲜血染成了天幕

一千年的孤独

尖叫逃窜

她弯曲着

褴褛而美艳

没有余生和未来了

再没什么要求你了

古老的舞台包裹着她

冻结着她

2003·3·16　于尼斯

巧克力之七

吹来一阵风
令纸飞舞

你穿过房间
撩起帷幕
看起来很像一个亲爱的人

弄醒我
让我醒在你的怀里
抚摸我
我知道快乐的限数

节拍向我移动
又轻又重

彼此想念
彼此死亡
彼此一尘不留

2003 · 3 · 23 于戛纳

茶

高大的砖墙挡住的阳光
一片一片地，一面一面地
　　我们仍得注视

而已经死了的
是我们的后代

天真又安静的脸
那一层地狱
再远，再静默也现实

我们需要
我承认

那些头颅越来越傲慢地不需要抚摸
生活中流浪的夜晚
像幽灵的形态
在漫长的走廊摇晃

睡吧，我们模仿着睡的姿势
充满
不同的语言
不同的梦境
不同的心跳
不同的黎明

我像在对你说
海市蜃楼,孩子

2003·4·5 于巴黎

天平

请他安歇等待
林中有乌鸦惊飞

没有一次音乐
没有一个地方
没有一招一式是我们一起的

密林就要失去了
庙宇就要失去了
滔滔江水就要失去了

请他安歇等待
刀光剑影
我发誓
什么都好
我不收回我的力量

比死寂还清澈的风声
——被刺穿

请他安歇等待
等我找到悬崖

2004.3.16

漆黑

再好的丝绸也比不过她
隔着冰冷的壁龛看上去快要绽放了
前世她一定做惯了情人
海棠花灿烂的那夜
她放弃了禁忌

微弱的呼吸还在湿润
黑夜和白天交尾，样子如同互相残杀
她的黑夜一直比白天长

不用试验了，已经过去了
谁看见了谁，谁便是谁的魔界

约2004.5 于上海

银梳

薄薄的唇上的嫣红
每一次诞生的鬼怪
如果天空也看不见月亮
奔跑在远山的哭泣的眼睛
搅起了四彻的女灵

靠近悬崖
土地重又温暖
石上的细沙肌肤般地璀璨

异常潮湿的尖牙
蓝色轻盈的睫毛
占有着左手的右手

约2005 于上海

1号

她的腹中的婴儿还没死
第三个秋天也开始了
雨水拂在湖蓝色的唇纹上

无论有过什么
她都还能要些什么

在这苍白的底子上
失血向着阴暗的色彩渐弱下去
议论我吧
年轻如冰寒冷

约2006-2007 于上海

5号

荒原中的眼睛想要红色，粉色还是暗褐色

这不是黎明

她镜中的星星

无数的星星，穿过，融化

碎成流体，渐渐变红

她皮包骨头，没有头发，满脸雀斑

每年冬天都在那里

约2006-2007 于上海

逆光

这么慢的心跳
随时都可以停止
嘴唇把气流吹拂到她光滑的手背上
一股催人心碎的快乐

双手早已离去
把脸贴在镜子上，雪化的雾气中
双手滑进皮肤里

春风透出一丝光亮
海棠花在小径上
她任凭自己的眩晕
双手在树梢上
双手在湖面上

约2006-2007 于上海

灯火

我已经苍老了

灯火扑进我的屋子

写什么都好

不写什么也好

我十六岁时的情人

用弦乐问我什么是初潮

屋里滚动着浓烟

那是灯火在率性而为

我不记得那个我爱过的女孩的名字了

穿过的连衣裙像舞者手中的碎绸

片片缠住我旋转着

却松弛了很久的脖颈

早年留下的齿痕在顽强地作痛

约2008　于北京

为桔梗而歌

直到有一天

风中有了黑色的液体

我张开嘴

让她顺着我的喉咙慢慢流下去

我需要一点冰凉的东西

就是心跳,就是呼吸

我身上的水也是黑色的

血变成的黑色

她,很会温柔的

约2006-2007 于上海

毛发抚摸我的只有暗夜

有一天，芯你说
天空是白的
他会说
云是黑的
我便知道
你们是相爱了

爱是一生一世一次一次的轮回
或许真是在佛前求了五百年
才在今生遇见你

让人目眩中途的接吻
是爱情的味道
在这个孤独的世界里
建立两个人的是你的小宇宙

在过往
我们都爱过很多人
时光倒流，地球反转
销魂的是忠诚还是背叛

你说不离不弃
我看着你就信了
恋爱50次，太阳照常升起
我照样爱上你

那些慵懒的暧昧
流转不休

如诗如歌

我是你的神
我是你的缪斯
我掌管火焰
也掌管战争
我是天帝的掌上明珠

但今晚，就让天地
一片漆黑
没有你
我哪有丝毫光泽
我们彼此相识
我和我的性器已变成手上的一支笔

我要告诉你一个故事
你拒绝倾听的故事
噩梦的悬崖边
紫罗兰焦灼绽放

至此，名字

终于走上坟墓

在被窝里翻身的时候她想到了
最美的性器官是心脏
她的左心室出了问题

她只想静静地把你置在胸口
这是人间正道

卑微的夜，埋葬年华
晚安，忧郁
红唇，谎言，什么的
瘤消散

那条路写在书里
爱和死是表里如一的

不眠不休

巫异时刻

每当鲜血缓缓流进我的喉咙
我知道我是被诅咒了
所以我微负着
享受这痛苦所带来的仅有快乐

现实世界
架空世界

大地迟暮的哀怨和绝望
从内部吞噬你
市容残破不堪

漫漫长夜中的爱情观

韬光养晦

脖子给你了　随便吸

十一月的阶梯

黎明的微风有一个秘密要告诉你

不要再回去睡觉

你要去找寻你需要的东西

人们不断的来回

人生的门槛

那里连接着两个世界

这扇门就会不断的敞开轮回

不要再回去睡觉

错的是命

他美得像个天使
他的瞳孔发白
他的嘴唇越来越薄,看起来只是一道褶
又冷又疲惫

和他背后的天堂一样遥远
她转身的方向 树枝在飘动
她的整个脸庞突然塌陷下去

我的死神,你的死神
出于骄傲,也因为疲倦

我没有香艳可以给你
我没有香艳可以给任何人

恐惧抓住了我的心脏，阴冷。恶心的恐惧拽住了我
滚滚火焰将会吞噬我们，将我们融化，将我们合拢，并不
把我们分开

为了更好地接受你，我把头仰后
那是你皮肤的底色
她做作的姿势和空洞的目光

如果没有你，明天就不应该来临
有毒的花发出刺鼻，血腥的芬芳

蒲公英在风中轻微地战栗
如此强烈的芬芳穿越了岁月，冬季和遥远的记忆

杀人回忆

她并非拘谨虚弱还能勇敢无畏
面对困难时奔腾昂扬
坚决恍然一巴掌打在

　　　　　　　　她织体复杂，能量丰盛
　　　　　　　　狂热的，飞扬跋扈的

那或许是迷人的反差——娇弱与激情，野性与典雅，神经
质与温文尔雅的外观

　　　　　　用错综复杂的方式把爱和恨绑在一起了。

她是敏感的，也是倔强的。她狂热，她理想主义。她昭显
的就像那意义上的一切，她矛盾地混杂了很多资质，所以
被伤害更凄厉的是内部猛烈动撞的自伤。

爱情中的爱情

> 相遇是为了记忆里回望的别离
>
> 相吻是将彼此情谊传入心底

漩涡里从来没有赢家，
欲望的牺牲品和附属品
镜子碎了，碎片映照出什么？
怪石嶙峋的往事，匪夷所思的梦
惊魂未定地注视着镜头
人心往往是无根的浮萍
现实在这个午夜被隔离了

当我们放弃自己的约守和操行时，魔鬼必然带着美丽的面
具将我们附体

今天就是你的末日

这次你不愿改变你的决定吗?
这次,我肯定死
你能回忆起你的绝技吗?
这个星期我们和彗星谈了
当时间到了,我会有回音
如果你在我身上找得蘑菇
我的身体就是活的

我希望我去掉这个爱情瘤
它是恶性晚期的
抬起你的下颚
他正离开,不用担心
一生中我究竟会死多少次

但是这些树都死了

我们会怎样？

生命由海中搬到陆地

没有植物我们不能生存

树是更高的力量

我们有两个方向可以走

一个光明的未来，一个黑暗的未来

所有的事，有一个季节

冬天，最好地取悦我

即使我被冷成骨头

再说一遍

它的锋利无比

去死！说你的遗愿吧

彗星在2016年将会撞向地球

令纸飘舞

又是玲兰时节
像与老友重逢
那天信步到海港边
在我过去等待的地方
看到了花开
一如他的明朗笑容
在今天绽放出从未有过的美丽
可惜花季短暂
过了这个五月
铃兰又将凋谢
即使为了我们，它也无法改变
如往昔的美丽

我们的恋歌
就这么唱着，像初识那天一样
铃兰时节就这么过去了
如一位知心老友

一年的时间过去
一切即将被淡忘
然而它还是在动的，心里留下芬芳
那些春天的零星片段
像二十岁的记忆
再爱吧，如果能爱得更长久

其他的生命

我随意写下的几乎全部
都来威胁我
我称呼一只海鸥
它的影子便来覆盖我
它的嘴巴的阴影穿过我的头颅
一种血腥的幻影在我脸上流淌

我说"饥渴"或"再见"
饥渴便溢满我的眼眶
熔化我的腑脏
至于再见
它将我的爱连根拔起
张开我的手臂
结果，每件事都滑落在地

瞬间，巴黎

橙红的爱的霉斑在发酵，在发芽
比酒精更强烈，比竖琴更辽阔

我熟悉在电光下开裂的天空
狂狼，激流，龙卷风，我熟悉黄昏

如果我想望欧洲的水，我只想望
马路上黑而冷的小水潭，　傍晚
一个满心悲伤的小孩蹲在水边
放一只脆弱着像蝴蝶般的小船
舍弃眼前的就能看见一切了

我的脸渐渐染上了白色

沿着塞纳河淡入了空气
离不开他身上 的有着药味的气味

不要问我真的做得到吗
勇敢地爱过，也被认真地爱过。

这个没有坐标的城市
手中的雨伞却是什么气息都没有了

雾中羊

山坡隐入万障
人群或星群
悲哀地凝视我，我使他们失望

火车留下一条呼吸
我迟钝的
马儿 铁锈的颜色

马蹄 忧伤的钟声
整个早晨 变得黑沉沉

一朵花犹存
我的骨头托起一片寂静 远方的
听蹄 融化我的心

他们威胁 要我穿抵某处天庭
没有星星 没有父亲 一派黑水

就是现在 就在这里
用爱来抱紧你的孤独，伸出手是去触摸幸福
慢步在雨后的街道
感受生命的力量
看得到明天的阳光
轻轻的风吹进
谁还记得开始时究竟是怎样的

多余的情 多余的心情
总是无法说出心里温柔的话
在闪烁的十字路口我过头了
回忆是一张张照片
愿望 柔软而脆弱

雨止住了我的话语

坠落的雪在你脸上慢慢溶解
躲进雨中 我就可以不再流泪
在黑夜的极限，安静极了
我从此活在
街道上，有些冷清

在你的前头最后一次温柔的哭泣
接下来又会如何
肚子的暗夜，一条离你最远的路
我还在坚持什么，我还会撑多久
突然就失去了记忆

月球的世界

在他眼里相继出现的温柔和痛苦

在生命守候的时间里
我拼命地写作，我不是渴求文字，而是渴求情感
有一天我会在中午前提前醒来

巴黎天天都在下雨
血已不再流向心
我活在我的词语里面
我用我的句子
我的眼睛里流出的是红色的酒液

Amie pu

一　　我醒来时
　　　我们在行走

　　　　　你却像孩子一般燃烧

　　　　　隔着墙和窗
　　　　　在我心脏的四周
　　　　　你和我一样无情
　　　　　却径直奔向你

　　　阳光掠过墓地
　　　月光变成灰色
　　　你在我的茶里
　　　意外地明亮

在我的身体里从开始便混合着你

我的生活空气错了
害怕什么，诱惑什么
凭着我的神经空空的

我们相隔得近远
就是这么久了，打翻在地
自从我第一次痛苦以来
就像一首诗渗透着
这是我的句子：你

勿忘草的绿色

你还能再诱惑吗
欲望，以后又突然只剩下回忆

摇开你的唇
抓住我扭转我
野兽出没的逆路

你发抖了呀
你逃走了吗

给我一把刀吧
让月亮缺角
吸一口毒水

爱吧！伤吧
该怎么解问呢
细数你的吻
既然如此亲近

双手的结果

每一个死去的孩子盘起，像一条白蛇
各依傍一只小小的
奶瓶，现在空了
她已经把他们
折回到她的体内，就如
当花园僵硬时，玫瑰花瓣
一起收拢，香气从这夜花的
甜蜜的幽喉中渗出

月亮毫无悲伤
透过光晕闪耀发光

此类事件她习以为常
丧服拖曳着 噼噼啪啪

时光安静地走过

当我孤单时我是幸福的
空气清凉。
天空由于色彩斑驳
如饰如溅又如伤疤。
黄樟叶片的 深红茎果
在密枝上丛生
垂悬于我们家门口的台阶
便听到
孩子们快乐的尖叫
我的心下沉
我瞬间被碾碎

鱼 水声 四壁

当我下降我吸入的空气越来越少
吸入的香烟越来越多
潮湿 封闭 我开始失去知觉
窒息 引诱我爬下去

我伸出手去，但你的手不存在
失去的头，手，腿。

在身体，名字和时间之前
在竖琴，细雨和言语之前
没有别的 她死了，远远离去。

我将如何在窒息中生养女儿
在水中，在幻想的水中
泪水也会稀释

褪尽灵感
血流不止地飞奔而去

孕育她的黑暗
黑暗落到我的颈项和背上

我不会全部离去
我的膝盖碎了

河流两岸的蕨草
在一束强光中爆炸

再没有迟来的光照耀我的文字

吹吧，西风，吹这寂寞的坟

我独自坐着 夏季的白昼
在微笑的光辉中逝去
我看见它逝去，我看着它
从迷漫的山丘和无风的草地上消失

溺水者

石头在水面蹦跳
轻烟不能透入水中
水像谁也不能伤害的
一块皮肤
却接受人和鱼的
爱抚

被包住的鱼挣扎击水
发出弓弦般的呼响
它要死了，再不能
吞咽这世界上的空气和阳光

而人也沉入水底
为了鱼
或者为了柔软但始终紧闭的水面
那难熬的孤独

废墟

语言首先离去了
随后是窗户四周的一切
只有死亡盘踞
在寂静之上幽暗之上

太阳用幽暗的火焰烧在我手上

我像一条小船在深闭的水面下沉
我像个死人，只有孑然一身

嬗变

　　厚密的叶间挂满成熟的果子
　　此时此刻，渗入我身中的
　　不断飘临不断消失
　　英雄的头颅　巨大的眼睛

黄昏中
这是最后一个秋天

　　我要去的地方

我继续去听去听
天越来越黑，然后
有一束光闪了一两下
在遥远的上空

　　　　　记住我们相拥并彼此约定时
　　　　　　　　所穿过的永恒

　　而我愿做星星的宠臣
　　何处是陆地
　　流浪在深宫
　　广袤的天空青烟般的自由

水样倾城

所有自毁者，我都钟爱
钟爱到
他们自爱为止

魔鬼的颤音

我们需要得病
这就是病的根源

在这片叶子坠落之前
我还要再见你一次

溺死的人，骷髅，毒蛇，装在瓶子里的胎儿
我任何花都不要，我只要朝天躺着
两手空空

假如你没有过去，也没有未来，那毕竟是现在的组成部
分，你最好还是摆脱现在这一空虚的外壳，以自尽了之。

十六的月亮升起得
真慢啊

海水知道的信约

我的夜晚比白天长
冬日森林散步
每一份爱都要经受考验
我们的爱情是自由的

那里是个魔界
这是微弱的呼唤，这是一次试验。
海棠花灿烂地开放。

我看见你站在阴影里
比任何一年都愈加清晰

我想我生前一定是个情人
我手上的表走的是你的时分

盛满果冻的碗

臭味与颜色攻击我
这是肺树。
兰花，它有蛇的斑点和蜷缩的姿态
心脏是一朵红钟花
处于危难之际
与这些器官相比
在紫色的荒野蠕动并开拓向前

我面前有这么多，这么多碧绿的树
干枯的野草地带，山峦和湖泊。
怎么可能不是
只有我自己，肉体的梦
从瞬间抵达瞬间

我的翅膀会飞吗

无法安慰的感觉
无可挽回的放弃
毫无希望了
已经全盘放弃
速度，海洋，午夜一切闪亮的东西，一切黑暗的东西，
一切使你迷失而又使你能找回自己的东西。

尸体被杂乱地扔入墓穴
没有裂痕的，悄无声息的时光
时至夏日
渐渐消失的光线
再也不想展开
而天空满是弃置的笑容在蠕动

数着朱红的深紫的星星

让她感到腕上的血在流动
白色的，或者说是近于苍白的天空
门窗紧闭的房子

在相遇的仓促中
她喜欢如流水般经过的事物和生命
即将到来的悲伤，矛盾与快乐
像省略是一样的空虚

一辆失去控制的汽车，汽车最终反转过去，
而车内的广播还在继续
要不委屈自己，要不拂袖而去
时间留下了美丽和一片狼藉
碧海蓝天，只等风的到来

世界上没有比爱更艰难的事了
醉，一种愉快的死亡
城市里的灯光像细沙一样倾泻流逝
我喜欢夜里呼啸的冷风
它们将带来温暖闪耀的太阳

人间天堂

已经这么冷了，日本的冬天，巴黎的冬天，上海的冬天

用红色告别

不要介意我没有吐露

当转弯的车流远远朝这个路口扑来，他已
揽过我的腰，把我围在他的手臂中，天下
那么大，那一刹那，我只认识他一个人。

他多喝了一点酒，手握着方向盘时使他
不能折回也不能放弃
轻轻地穿越悠缓而悲伤的时间

用于享受时间与事物的迷醉，用于邂逅聪明而美好的生

命。用于抵御时间的必然背叛。

最多，最坏，必然的事情。

轻柔得像水雾一般的

冬天的树

扼住我的呼喊或呻吟

一种几乎绝望的向往

她投入，所以她见证

被绝缘

在石头上，在嘴唇上，在陡峭的河岸上寻找
脆弱之中那甜蜜而苦涩的蓟草
无法幻想，无法沉迷，无法找到方向
无法成功，无法把握，无法拥有

因为两个人才能缠绵
我对你说，我向你保证
只有一种冒险
那就是人们所说的幸福
而我们已经错过

一种轻微的麻醉

替代幸福的兴奋状态

让她产生的痉挛

脆弱的吻

这种深渊是没有出口的

森林的外面没有群星

即使永恒的回报也无法弥补我们正在浪漫的清晨时光

之后他便纵身而入

这种绝望无法被抑制，只能被体验

我们废弃

我虚幻的情怀，像一粒柔软的子弹

被打碎的肉体

俗诗

先生啊，请松开抓住我乳房疲惫的手
无论你在什么地方，都要想起我
先生啊，请抬起垂在我屁股下面匆忙的头
这里只有一个地方，你得听我说

我有一个孩子在远方
一个人冷冷地走在旷野上
他在那里呆了好几年
如果你相信我就不要可怜他

去跟我的孩子恋爱吧
去跟那些捧着泥土的人亲近吧
去跟我的孩子自由吧
去跟那些踩着泥土的人决裂吧

明天早上他会死在人群中间
请你帮帮我去吻醒他吻醒他吧
明天早上他会死在城市的下面
请你为我带回一些亚麻色的头发

忘了埋伏等待的路，树，墙，房子

出生之前和死亡之后，哪段时间比较长？

知道死的一刻，才由你决定怎么去活。

女人是用全身恋爱的，而男人则是用小指恋爱的

他和她坐在各自的白色格子里

是那种遥远的诉说着爱情的方式

腐烂到了舌尖过于成熟的吻，在他的舌尖腐烂热情

只擦热了嘴唇

我们消逝的爱抚

可以穿破我们的身体

每一秒都是一撮泥土

这个冬天是用来忘记你的

血和泪，都在血和泪中

最美的冷漠和激进

当我落在你冰冷的床上的时候
当我抱你的时候
不再悲伤，不再有引力

你的身体像流水，冲洗我

同样的冬天，同样的软树枝
冰冷的指尖，霜冻的手
同样的泥土气味，泥土混合着泥土

会在哪里，除了你
周末的公园，再一个钟头
傍晚的再一个钟头
同样的温度，下降到冰点

在你的床上有我的一席之地

这不能离间我们

爱少一点，但要爱长一点

太阳向你舌部

要是昨天我能知道今天的事
我绝对会挖出你的灰眼睛
放入泥土做的眼睛
要是昨天我就知道你会属于我
我绝对会挖开你的心脏
放入一个石头做的心

爱情永不会是全部

你在我身边
我们隔着遥远的距离

跟你学会甜言蜜语，讨好自己
这段感情就可以瞑目了

静静倒数
我不想要下辈子

新年祝福里有你的一张卡片

新年祝福里有你的一张卡片
窗外的冬日阳光
轻轻晃动我的视线
儿时熟悉的声音
不曾变过

新年祝福里有你的一张卡片
十年未见的字迹
总是难忘你的慈爱
语文课上的老师
有一次重逢
我好像看到你的白发
我好像看到你沾满粉笔灰的手
在遮挡风雨
我好像回到从前的课堂
一读再读
你阐释的
人生四季

镜子中的镜子

你应该赞美这残缺的世界
想想我们相聚的时刻
在一个白房间里 窗帘飘动

欢愉在于细小
它只占据心灵一角
它形成于季节如风

沉淀着黑暗

深深地吸了一口气
带有骤雨前森林气味般的空气充塞肺部
她忍不住咳了起来

纹理

你从未看过自己的手相
然而很多年你就像
该隐
坐在黑暗中

那就是你能安全地
行走于柔软之处的方式

我需要宣泄
一次完美的解放
让记忆从血管中渗出
让我消失在时空之中

永无止境的恐惧

爸
爸

你带着我的气息离开
这一天
我没能和你同行

你的身体在一寸一寸离开
温热的
额上的光
照着我凄凉的嘴唇

窗外
大地
冒着青烟

我如何说出
我怎样说出
我紧贴你的脸庞
现在它是风，它是玫瑰
它是晴空上飞来飞去的云霞

白昼延伸
灰暗的河水已经退去

我终于说出
说着含混而清晰的
诺言
我握住你的身体
也同时把他交出

我们重归幸福
一如往昔
你伸手
将我额前的散发拢到了背后

2011.2.11 于上海

关于水，我能说些什么

就像神注视着人们的梦
她们砰地打开自己的笑脸
红色的枕巾羞涩着并没有看见
因为隔着着迷的我的脑袋
隔着并不存在的春天

我的舌尖稍稍向后，它便汩汩而来
关于水我能说些什么

它弯弯曲曲
曲曲弯弯

然后一线而去，穿过峡，
排进江，铺向碧绿草原
她远离人群与天交合
所有的脚印不欢而散

牙齿抖擞
我想明白这是什么样的抵御

人生惨淡经营
即使老去仍然听见

我舌尖稍稍向后，它便汩汩而来
流过唇，渐渐美丽成词

约2011.4 - 6 于上海

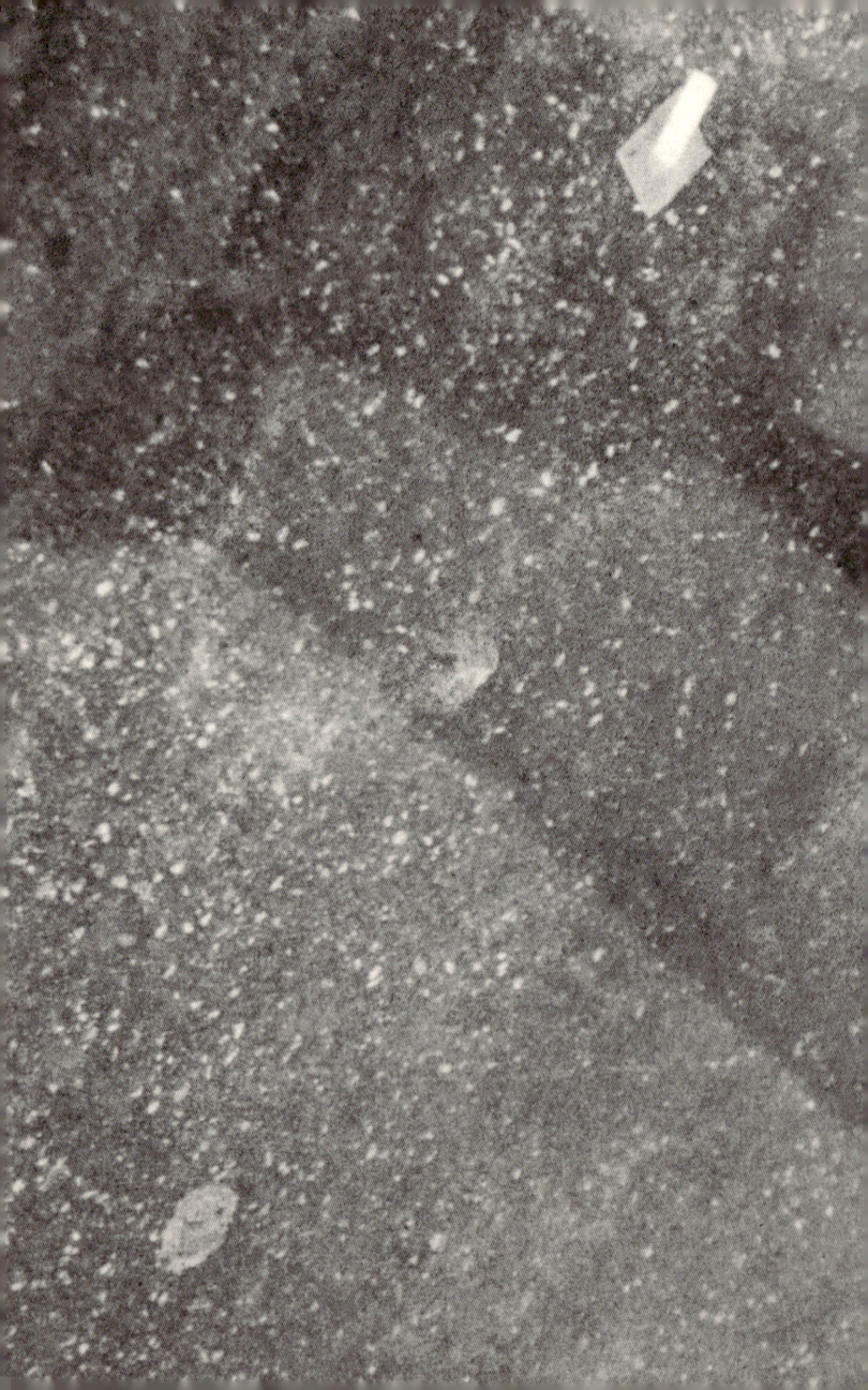

引子与回旋

那时候，是下弦月

月亮没有光芒

我的情况会好些

约2012 于上海

跋

　　花园里充满了秘密，它们被摆放在植物的根部。

　　偶尔太阳照耀在一片荒芜的根茎上，空气里会盘旋着一种像鸽子一样的气流，带着尖利的哨声忽远忽近地画着圈圈。

　　她第一次走进来的时候赤着脚。银灰色的羽毛被树枝刮下来，在每一根荆棘上发出脆裂的笑声。那些秘密在她脚趾尖徘徊了一会儿，各自又散去了。

　　她生活在一个禁闭的城里。这座城市有着许多通向四面八方的城门，每一座城门看上去都不一样，每一条门后面的路最终都会通向迷宫一样的花园。只是没有人尝试过从每一扇门走出去一遍，去验证这座城市外那不可逾越的迷宫。

épilogue II

夜晚有多种多样。有时候夜晚弥漫着腊梅的香味,虽然不是冬天。香味仿佛黑色的流水,从她的露台缓缓流泻到静谧的花园里去——这种夜色并不算太无聊。有时候夜晚充满喧闹,金色的焰火从南方的地平线上喷射而出,把布满整个星空的纱幔击穿,火焰一滴一滴地落在城墙上,把每一扇门都烧掉——这样的夜晚会造成白昼的忙碌,她需要在天亮以前就安排好重新把城门修复完整的工作,壮观的夜色与失眠相互调和。有时候夜晚根本就不来,太阳在城堡头顶快活地溜达来溜达去,夜晚则招呼也不打,出去度假了。她对此习以为常,她会准备好防晒霜和骏马,跑到花园里有瀑布的温泉边,烧掉所有还在生长的曼陀罗叶子,烤鱼吃。

宫殿在这座城市的中心,看上去庄严肃穆,匀称华美。它因为她而存在,但她不是宫殿的主人。

甚至这座城池,也不属于她。

épilogue III

她在这里，纯粹是因为好奇。

他们随着千军万马踏遍城池和领地，他们奔跑的速度和闪亮的刺尖钩住了沿途锦缎的裙摆，他们引起少年们的笑声与少女们的惊慌失措，这一切的画面好像融化的马戏团帐篷，让她感到有趣和兴奋。

只有有趣，才能让她感到这世界充满意义。好像烤鱼过后弥漫在整个温泉上方的曼陀罗烟云，她会躺在地上看着紫色的烟雾变换出各种故事，仿佛腰肢柔软的躯体卷着纱绫。慢慢舞出一出戏剧。偶尔她会把这些故事写下来，把浸满墨水的纸扔到泉水里。

人们来到这座城池，无不被那庄严肃穆，匀称华美的宫殿所折服。但几乎没有人能说清楚宫殿的真正样子如何。那些从沙漠穿过经年累月距离的人为了证明自己的旅途没有白费，都试图描绘过这个宫殿。那些为了表达自己来自于一个美妙城池的人也曾经试图向另一个

épilogue IV

城池的居民讲述一下这座宫殿。那些因这宫殿而存在的宫女和奴隶也被不停地追问这座宫殿的蓝图究竟为何，但宫殿并没有那样可描述的形态。它在这个地方存在，随着日出和日落变换着外墙的色彩，闪闪发亮，沉默而愉悦。它对于别人无法勾勒它描述它这件事，一点也不想负责任。

她和这座宫殿常常能够引起人们的万丈雄心———一般的万丈雄心随处可见，偶尔雨水夹杂着海神一时兴起加进去的孔雀鱼落在某些地方的时候，那里的土地就会长出一大片万丈雄心来。只不过当夜晚出去度假，太阳能够多在天空停留的时刻，这些还没有长大的万丈雄心会由于过高的气温而迅速地枯萎。她和她所在的宫殿所能造成的影响却和这种短暂的雨水有所不同，那些千军万马曾经来过这座城池又走了，他们并没有看见这座城池的宫殿所在，但随着他们而来的她看见了它——她几乎是一眼就看到了宫殿那高大匀整的外墙，安静的走廊，被摩擦得像镜子一样光洁明亮的地面。她每踩上去一步都会觉得地面把反光刺进了她的脚踝。每当她站在露台上的时候，城池里的人就能更为清晰地看见这座宫殿，每当她宴请宾客的时候，他们就能深入这座宫殿的内心，仔细观赏着庭院里散步的金色狮子，或者把玩一下客厅架子上花瓶里插着的永不凋谢的芙蓉，吃着琉璃大海碗里硕大无朋的螃蟹。偶尔他们也会被邀请进入后花园，看着庭院里绿影婆娑的水面下，成群的彩虹色孔雀鱼相互追逐——但他们发现每次走进这栋建筑，它好像都在变换着结构，因此即使每天都被邀请的客人也不能肯定是否穷尽了这座宫殿……

　　于是这座城池里的每一个人，曾经到过这座城池的人，那些知道城池中还有宫殿存在而被自己错过的千军万马，都会被这迷幻的景象刺激出熊熊燃烧的万丈雄心——并且一经产生就永不凋谢，好像她客厅里那些芙蓉花似的。在他们看到，得知，错过宫殿之后，那些万丈雄心就像野生的玫瑰藤蔓那样疯长在他们周围，让他们日夜不得安宁。

　　这座城池由于她和她的宫殿而变得
繁荣。有了万丈雄心生长在四周的人，
试图在她尝试每一条出城门道路时，站
在路边让她注意到。又或者在她打算
修复城门的时候，报名当供应商。有时
候他们也会半夜站在宫墙的外面，看看
是不是能够在火焰从天空降落的壮观时
刻，射落夜空中已经被烤得半熟的燕
子。他们不断地从四面八方涌进城里住
下，主要是为了成为她邀请的客人——
成为客人就有可能接近宫殿，只有多进
入宫殿他们才能不断修正手上的蓝图，
只有得到准确的蓝图他们才能重新占领
宫殿……毕竟，宫殿并不属于她，它可
以属于任何人，或者它从来就没有属于
过任何人。但这无关紧要，对他们来
说，每天能进去核对蓝图才是最要紧的
事情。

　　她却对此感到全无兴趣。她的兴
趣在通向城外的每一扇城门，每一条小
道。城池里面再如何因为她而繁荣，她

也不会有所感觉。她的眼睛只能看见城外那座迷宫一样的花园，以及花园以外她似乎从没到过的世界。

她每天都试一个新的城门，她也不知道何时能把所有的城门都走完。她每天都必须在夜色来临时回到城堡，招待客人和休息，而夜晚老是任性地翻着花样——她总是站在卧室露台的栏杆边上，城中的灯火渐渐熄灭，夜色泛滥着意味不明的光泽，远处花园中那些秘密偶尔喧嚣起来，把白天生长出的花苞都毒死。她每天都这样看着城外的花园入睡，几乎忘记了时间的流逝。

那些如黑色流水般的黑夜或者火焰喷射的黑夜并不可怕。偶尔夜空中会呈现出橘色的云朵，云朵上面是高而透明的紫色天空。空气犹如飘荡的丝线微微缠绕，带有一种檀色的甜味。花园中的秘密都睡去了，轻微的喃喃声音和那些檀色的线条交织出她认为最可怕的夜色——在这种夜色中不存在万丈雄心，也不存在着杀戮，

épilogue VIII

只剩下情色奄奄一息。

当这样的夜色日复一日出现，她觉得她也几乎变得慵懒而无用。她躺在床上很长一段时间不想起来，任由白色的头发在房间里肆虐。她房间所有的颜色仿佛都被头发清洗掉了。她的每一寸肌肤都变得透明，连血管也是。她几乎成了这个宫殿中最为漂亮的物体。

客人们依然会到来，他们的兴趣已经从宫殿转向了她本身。只要他们踏入这个房间，就会一样褪色，变得更白一些，但无论如何也无法变得透明。对客人们来说，这种程度的褪色已经让他们变得与众不同，他们也不会要求更多。而她只是躺在那里，想孵化点什么。

她透明的手指终究是被花园中的荆棘刺破。但花园中没有其他人，没有人能够看见那透明的血浇灌出的奇异花朵，没有人能看见那些透明的羽毛在空中弥漫的样子，没有人能看见她的头发所编织成的绳梯。

épilogue IX

客人们总以为她一定会在夜晚回来。但夜晚又一次没有打招呼就走了。他们并不知道她那透明的绳梯已经穿越了橘色的云，他们甚至没有发现城外那不可逾越的花园迷宫，没有发现唯一能够逃离的办法是穿越橘色的云。

他们日复一日地在夜晚回来的时候进入宫殿，重复着无意义的游荡。他们也许最后会离开这座城池，从某一个还未被她发现的城门出去，但此时此地，他们只能继续这种游荡，不能发现她所孵化的，会被花园中奇异的花朵养育和生长，最终飞翔在夜色永不回去的疆域。

蒋熙
2015年1月

épilogue X

图书在版编目（ＣＩＰ）数据

水一样的 / 王乙宴著. -- 武汉：长江文艺出版社，
2015.6
　ISBN 978-7-5354-7726-2

　Ⅰ.①水… Ⅱ.①王… Ⅲ.①诗集－中国－当代
Ⅳ.①I227

中国版本图书馆 CIP 数据核字(2014)第 252437 号

责任编辑：沉　河　　　　　　　　　责任校对：陈　琪
封面设计：蒋　熙　　　　　　　　　责任印制：左　怡　　包秀洋

出版：　　长江出版传媒　　　　长江文艺出版社

地址：武汉市雄楚大街 268 号　　　邮编：430070
发行：长江文艺出版社
电话：027—87679360
http://www.cjlap.com
印刷：南京精艺印刷有限公司

开本：850 毫米×1168 毫米　　　1/32　　　印张：8.875　　插页：4 页
版次：2015 年 6 月第 1 版　　　　　　2015 年 6 月第 1 次印刷
行数：5004 行

定价：39.00 元